U0458971

LAÇOS DE FAMÍLIA

Clarice Lispector

家庭纽带

〔巴西〕克拉丽丝·李斯佩克朵 著　闵雪飞 译

人民文学出版社

PEOPLE'S LITERATURE PUBLISHING HOUSE

著作权合同登记号　图字 01-2021-1826

Clarice Lispector
Laços de Família

图书在版编目(CIP)数据

家庭纽带/(巴西)克拉丽丝·李斯佩克朵著;闵雪飞译.
—北京:人民文学出版社,2021(2025.1重印)
(短经典精选)
ISBN 978-7-02-015562-0

Ⅰ.①家…　Ⅱ.①克…②闵…　Ⅲ.①短篇小说-小
说集-巴西-现代　Ⅳ.①I777.45

中国版本图书馆 CIP 数据核字(2019)第 169487 号

总 策 划　黄育海
责任编辑　李　娜　欧雪勤
封面设计　好谢翔

出版发行　**人民文学出版社**
社　　址　**北京市朝内大街 166 号**
邮政编码　**100705**

印　　制　**凸版艺彩(东莞)印刷有限公司**
经　　销　**全国新华书店等**

开　　本　**890 毫米×1240 毫米　1/32**
印　　张　**4.625**
字　　数　**80 千字**
版　　次　**2021 年 4 月北京第 1 版**
印　　次　**2025 年 1 月第 4 次印刷**

书　　号　**978-7-02-015562-0**
定　　价　**59.00 元**

如有印装质量问题,请与本社图书销售中心调换。电话:010 - 65233595

SHORT CLASSICS
短经典精选

目录

爱

安娜登上了电车，她有一点疲惫，买的东西把新网兜撑得变了形。她把东西抱在胸前，电车开动了。然后，她靠在座椅上，想坐得舒服些，满意地舒了口气。

安娜的子女都很好，这件事真真切切、丰润可口。他们长大、洗澡、需要自己。他们娇生惯养，每分每秒都越来越完整。总之，厨房还算宽敞，用旧的炉具里传出噼啪声。公寓里很热，他们慢慢地还着房贷。但是，风吹动她自己剪裁的窗帘，提醒她，可以停一停，擦一擦额头，望一望安静的地平线。就像一位农夫。她播下手里的种子，就是这些，不是其他。种子生长，变成了树。她和电费收缴员之间的快速交谈在生长；水在生长，蓄满水池；孩子们在生长，饭桌在生长，丈夫带着报纸回家，饿着肚子微笑，大楼管理员的歌声不合时宜地响起。为这一切，安娜默默地献出了她那双小而有力的手，那生命的长流。

午后的某个时刻是至为危险的。午后的某个时刻，她种下的树在嘲笑她。当没有东西需要她时，她会坐立不安。不过，她感到她的坚固更甚以往，她的身躯变壮了，从她给孩子裁剪衣裳的姿态就能看出，大大的剪刀撕裂布料。从很久以前，她所有的朦朦胧胧的艺术渴望都通向过日子与把日子过好，时间流逝，她对装饰的兴味得到发展，超越了内心的纷乱。她仿佛发现，一切都有可能完美，每一样事都能有和谐的外表，生命可以由人的手来成就。

安娜从心底需要感触到事物坚实的根基。家庭暖暖昧昧地满足了她。在歧路之上，她堕入了女性的命途，然而意外的是，她很适合，仿佛正为其量身定做。她嫁与的男人是真正的男人，她生出的子女是真正的子女。青葱岁月仿佛无关乎己，只是生命的一场宿疾。她慢慢从中浮出，发现没有幸福一样可以活着：她发现了从前她看不见的人，他们成群结队，把活着当成工作，以忍耐、坚持与快乐。于是，她抛舍了幸福。拥有家庭之前的那个安娜她再也无法企及：那种令人不安的兴奋，总被她误以为是不可承受的幸福。终于，作为代替，她创造出某种可以理解之事，一种成人的生活。这是她想要的，也是她选择的。

她的谨小慎微仅限于小心面对午后危险的时刻，那时，家中空寂无人，不需要她，太阳很高，家庭成员各司其职。她看着干净的家具，心在惊恐中收紧。但是，她的生命里没有空间，能让她感受惊恐所引发的柔软。她扑灭了恐惧，干净利落，一如扑灭家中难事。然后，她会出门购物，或是把物品拿去修理，在家人不在时，照看这个家与家里人。她回来时已是黄昏时分，孩子们从学校里回来，会需要她。就这样，夜晚来临，连同她静静的激动。清早，她在晨曦初照时醒来，安静地做事。她发现家具又一次落满尘埃、肮脏无比，仿佛心怀悔意地回归。而她，她暗暗地成了根须的一部分，世间黢黑柔软的根须。她寂寂无名地滋养生命。这样很好。这是她想要的，也是她选择的。

电车在轨道之间摇晃，驶入宽阔的路面。之后，更为湿润的风吹来，宣告下午的终结，更是不稳定时刻的终结。安娜深深地呼了一口气，她的接受为容颜增添了女性气质。

电车拖曳着向前，然后突然停下。到达乌玛伊塔①之前，她尚有时间休息。就在这时，她看向了伫立在站台上的那个男人。

他和其他人的区别在于他是真的一动不动。他站立着，手向前伸。他是一位盲人。

是什么令安娜不可置信地挺直身体？一件令人不安的事正在发生。之后，她看到了：盲人在嚼口香糖……一个盲人在嚼口香糖。

安娜尚有片刻时间，想起兄弟们要来吃晚饭，她的心剧烈而缓慢地跳动。她侧着身子，深深地注视着盲人，仿佛在注视看不到的

---

① 里约热内卢南部的一个街区。

事物。他在黑暗中咀嚼口香糖，毫无痛苦，双眼圆睁。咀嚼的动作让他看起来像在微笑、突然停住不笑、微笑、又停住不笑，仿佛在辱骂她，安娜注视着他。如果有人看到她，会留下一个印象，这是一个满怀仇恨的女人。但是，她继续注视他，身体越来越倾斜，电车突然开动，猝不及防之下，她整个身子向后倒去，沉重的网兜从怀里滑落，在地上迸裂开。安娜发出一声尖叫，司机不知发生了什么，命令停车。电车停了下来，乘客惊恐地张望着。

安娜动不了，无法拾捡她买的东西，只能面色苍白地挺直身体。脸上，一种久未出现的表情艰难地再现，依然不确定，依然不可理解。报童笑着把网兜递给她。但是在报纸的包裹里，鸡蛋破碎了。金黄而黏稠的蛋黄在网格中滴落。盲人停止了咀嚼，两手不安地往前探，徒劳地试图把握到底发生了什么。鸡蛋的包装被扔出了网兜，乘客们笑了，司机下了指示，电车重新开动起来。

很快，大家就不再看她了。电车摇摆在轨道之间，而嚼口香糖的盲人永远甩在了后面。但是不适已经形成了。

指尖的网兜粗糙极了，完全不似编织它时那般友好。网兜线绳失去了方向，坐上电车是开裂的一条线，她不知道该如何处理怀中的物事。就像一首奇怪的音乐，周围的世界重新开始了。不适已经形成了。为什么？难道她忘记了世上有盲人？慈悲令她窒息，安娜粗重地呼吸着。那一幕之前发生的事此时仿佛是警告，更具敌意，更会致死……世界再一次变成不适。若干年尽付消磨，蛋黄流淌了下来。她被排斥出自己的生活，觉得街上的人都在冒险，在黑暗的表面，保持着最为微妙的平衡，有一瞬间，失去方向令他们如此自由，竟不知道该去往何处。安娜如此突兀地感受到法则的缺席，不由得抓住了前方的座椅，仿佛会从电车上掉下，仿佛以一种不曾拥有的冷静，一切可以得到逆转。

所谓危机最终来临。它的印痕是无比的快乐，现在，她以此注视着万物，于惊惧中痛苦。炎热越发憋闷，一切都拥有了力量与更高的调门。在祖国志愿者大街上，一场革命蓄势待发，下水道的网栅干枯了，空气中尘埃弥漫。一个嚼口香糖的盲人让世界沉入了黑暗的饕餮。每一个强壮的人身上，都缺乏对盲人的怜悯之心，人们充沛的精力把她吓坏了。她身边坐着一位穿蓝衣服的女士，有一张脸。她迅速地转移了目光。人行道上，一个女人推搡了儿子！一对情人牵动着手指，微笑……盲人呢？安娜陷入了极其痛楚的善之中。

她很会安抚生命，对它照顾有加，令它不至于爆炸。她以平和的理解保持一切，分开众人的衣物，都已洗好马上可穿，在报纸上选出晚上要看的电影，所有事都已干完，这样，明日可以重复今日。然而那嚼口香糖的盲人击碎了一切。经由同情，一种生命出现在安娜面前，它甘甜得恶心，直抵嘴边。

那时她方才发现，很久以前就已坐过站。极度脆弱的状态中，一切都会激起她的惊惧。她拖着虚弱的双腿下了电车，看着周围，握着被鸡蛋弄脏的网兜。有一瞬间，她无法辨别方向。仿佛跳入了黑夜。

这是一条长路，边上有一道黄色的高墙。她徒劳地辨认着四周，心因害怕而狂跳，而之前发现的生命脉搏依旧，一阵更为温吞神秘的风拂过她的脸庞。她站定，注视着高墙。终于她知道在哪儿了。她沿着篱笆墙走了一段，走进了植物园的大门。

沿着中间的林荫路，她浑浑噩噩地走在椰子树之间。植物园里空无一人。她把网兜放在地上，在一条小路的长椅上，呆坐了很久。

空旷仿佛在抚慰她，寂静调整着她的呼吸。她于自身之中昏昏欲睡。

她远远地看到了一排排树，那里，下午清澈而圆润。但是枝条的阴影遮蔽了小路。

她的周围，充溢着平静的嘈杂、树木的气息、菟丝子的小惊奇。促逼的下午时分把整个植物园切成碎片。萦绕她的困意从何处而来？仿佛蜜蜂与鸟儿的嗡嗡声。一切都很陌生，太过温柔，太过伟大。

一种轻微而隐秘的动静惊醒了她。她迅速回神。什么都没有动。但是在中间的林荫里，一只强大的猫一动也不动。它的皮毛柔滑，以寂静无声的走姿，消失于无踪。

她不安地看着四周。枝条摆动，阴影在地上摇摆不定。一只麻雀在土中啄食。突然，她感到不适，仿佛陷入了突袭。一项隐秘的工作正在植物园中进行，她开始感受到了这点。树上，果实黢黑，香甜如蜜。地上，果壳干枯委顿，满是纹路，仿佛萎缩的大脑。长椅上，沾染了紫红的汁液。溪水以强烈的温柔潺潺而流。树干上，钉着蜘蛛丰裕的爪子。世界残酷得很安静。杀戮很深沉。死亡和我们想的不一样。

她耽于想象，那是一个靠牙齿才吃得进去的世界，一个有着太多大丽花和郁金香的世界。树叶里的虫子爬过树干，拥抱柔软而粘连。正如投降——它令人着迷——之前的憎恨，女人感到恶心，然而它令人着迷。

树上果实累累，世界如此丰饶，以至于腐烂。当安娜想起有孩子和大人在挨饿，恶心便抬到了喉咙处，仿佛被遗弃的孕妇。花园有另外的精神世界。现在，盲人引她来到此处，她颤颤巍巍地迈出了最初的脚步，步入一个晶光烁烁、昏昏沉沉、王莲如怪兽一般漂浮的世界。草丛里的小花星星点点，看上去既不黄也不粉，而是暗沉的金色与红色。世界的解体深沉而芳香……但是，在她观看这林林总总的沉重之物时，总有一群虫子，由世界上最精微的生命派遣而来，绕着她的头颅飞舞。微风潜藏于花间。与其说安娜闻到了它的甜味，不如说是猜到了……花园如此美丽，竟让她害怕地狱。

夜晚已近，一切看上去饱满而沉重，一只松鼠在阴影中飞过。脚下的土地松软无比。安娜惬意地吸它入口。它令人着迷，而她感到恶心。

但是，她想起了孩子，在他们面前，她一向深感愧疚，她站起来，发出一声痛苦的喊叫。她抓起网兜，沿着黑暗的小路，走到主路上。她几乎是在跑，看到了周遭的世界与它倨傲的不近人情。她摇撼着紧锁的大门，抓住粗糙的木头，使劲晃着。守门人出现了，他被吓住了，因为之前没有看到她。

她仿佛置身于灾难的边缘，直到进入住宅楼门。她抱着网兜，跑到电梯口，心怦怦直跳，这是怎么回事？她对盲人的同情与焦虑一样剧烈，但是她觉得世界是属于她的，肮脏、易腐，但是属于她。她打开家里的门。起居室很大，四四方方，门把手一尘不染、闪闪发亮，窗玻璃闪闪发亮，灯具闪闪发亮，这个崭新的世界是谁的？在那一瞬间，她觉得，过往的健康生活，现在仿佛是一种精神层面已经发疯的生活方式。向她跑来的男孩有着一双长腿，脸长得和她一样，他跑来，拥抱她。她惊慌失措地紧紧抱住他，于自我保护中瑟瑟发抖。因为生活摇摇欲坠。她爱这个世界，她爱一切造物，她怀着恶心而爱，一如她对牡蛎的迷恋，接近真实时引起的轻微恶心在警告她。她紧紧抱住儿子，几乎要伤到他。仿佛得知恶——是盲人还是美丽的植物园？——附在他的身上，她爱他，胜过一切。信之恶魔纠缠住她。生命很可怕，她饥火中烧，低声对他说。如果她跟从盲人的召唤，会去做什么？她将一个人前往……有需要她的地方，富裕的，贫穷的。她也需要这些地方……我害怕，她说。她的臂膀感受到孩子纤细的肋骨，听到他吓得哭了出来。妈妈，孩子叫她。她松开他，看着那张脸，心缩成一团。不要任妈妈忘记你，她对他说。感觉她松了手，孩子马上逃离，跑到房门口，看着她，那里更安全。那眼神很糟糕，她之前从未见过。血涌上了她的脸，开始发烫。

她颓然坐在一张椅子上，手指依然缠在网兜上。她在羞愧什么？

没有办法逃脱。她臆造的生活，外壳已碎，水都流了出来。她正面对一只牡蛎。她不能不看它。她在羞愧什么？这已不再是同情，这已不仅是同情：她的心充满最坏的活下去的意愿。

她已经不知道，自己是站在盲人一方，还是站在茂密的植物一方。男人慢慢地远去，在煎熬之中，她仿佛转向了伤害他眼睛的那一方。安静、高大的植物园给了她启示。她骇然发现，她归属于世界上的强者一方，那又该给她那强烈的慈悲取什么名字？她本该亲吻麻风病人，因为她永远不是他的姐妹。盲人让我认识到自己最差的一面，她惊愕地想。她感觉遭受排斥，因为没有一个穷人在她火热的双手里喝过水。啊！做圣人比做人简单多了！上帝保佑！同情从她的心底掘出了最深的水，难道竟不是真的？但是，这是狮子的同情。

她深感屈辱，她知道盲人宁愿贫穷的爱。她瑟瑟发抖，她也知道是为什么。植物园中的生命在召唤她，仿佛月光在召唤狼人。啊！但是，她爱那个盲人！她眼泪汪汪地想。然而，这并不是人们去教堂时升起的那种情感。我害怕，在起居室里，她自言自语。她站起来，来到厨房，帮助用人准备晚餐。

但是生活就像寒流，令她毛发悚立。她听见学校的钟声，遥远、悠长。尘埃的小小恐惧接连不断，连到炉具的内部，在那里，她发现了一只小小的蜘蛛。她端起花瓶，给它换水，花很恐惧，无精打采、令人作呕地向她的双手投降。在厨房里，同一股暗流在涌动。在垃圾桶旁边，她用脚踩死了一只蚂蚁。这是对蚂蚁的小小谋杀。那具小小的身躯瑟瑟发抖。水一滴滴落在水池里停滞的水中。夏天的金龟子。无法表达的金龟子的恐惧。周围，生命寂静、缓慢、执着。恐惧，恐惧。她在厨房里走来走去，切牛肉，搅奶油。炎热夜晚的蚊子盘旋，绕着电灯，绕着她的头颅。这样的夜晚，同情太过夹生，恰似腐烂的爱。汗水顺着乳沟流下。信仰击碎了她，烤炉的热力在她的眼眸中熊熊燃烧。

之后，丈夫到了，她的兄弟和他们的妻子到了，兄弟的孩子到了。

在楼的第九层，窗户全开着，他们共进了晚餐。一架飞机颤抖而过，耀武扬威于天空的炎热。尽管没用很多蛋，但晚餐还不错。她的孩子也都醒了，在地毯上和其他孩子玩。这是夏天，没法逼迫他们睡觉。安娜面色有些苍白，温柔地向其他人笑着。

他们吃完了饭。终于，第一缕凉爽的微风吹进了窗子。他们，一家人，围坐在桌子旁。白日令他们疲惫无比，他们为没有争执而感到幸福，完全不想看到任何不足。他们嘲笑一切，以一颗善良的人类之心。在他们周围，孩子们奇迹一般地长大。在她再也不能做自己之前，安娜将那一瞬拈在手指之间，宛如一只蝴蝶。

后来，当客人离开、孩子们上床后，她变成了一个看着窗外的粗鲁女人。炎热的城市入睡了。盲人激起的一切会进入到她的日常吗？会持续多长时间，直到她再一次变老？她只要动一动，就会踩到她的孩子。但是，以一种恋人的恶，她仿佛接受了花朵中冒出蚊子，王莲飘摇在湖的幽深里。盲人在植物园的果实中悬浮。

如果是炉子爆炸，整个家都会烧着的！想到这点，她奔到厨房，发现咖啡洒了出来，丈夫正站在面前。

"怎么回事？"她浑身颤抖，喊道。

妻子这般害怕，让他感到惊讶。突然，他了然地笑了：

"没什么，"他说，"我太笨了。"他好像很疲惫，黑眼圈很大。

但是看到安娜面色不同寻常，他便细细查看起来。之后，他倏然把她拉过来，搂住。

"我不希望你出事！任何事。"她说。

"至少得让炉子在我面前爆一次。"他笑着回答。

她的胳膊依然绵软无力。今天下午，某些宁静的东西发芽了，整栋房子里，充斥着一种讽刺的色调，令人悲伤。该睡觉了，他说，已经很晚了。他挽住妻子的手，这个动作不是他习以为常的，但是看起来却自然而然。他拉着她离开，不看后面，远离了存在的危险。

善的眩晕结束了。

就这样，她穿越了爱与爱的地狱，现在，她站在镜子前梳头，那一瞬间，她的心里没有任何世界。在上床之前，就像熄灭一支蜡烛，她吹熄了白日的小小火苗。

一个姑娘的谵妄与酣醉

　　她感觉电车穿过整个房间，震颤着她在镜中的形象。坐在这张有三块镜子的梳妆台前，她慢吞吞地梳着头。午后微微泛凉，白皙而强壮的胳膊上汗毛竖立。她的眼神并不迷离，镜子摇曳，时明时暗。外面，一件沉重而松软的物事从高处的窗子掉落到街上。如果孩子和丈夫在家，她一定以为是他们不小心干的。她的眼睛始终不离自己，冥思般梳着头，睡衣敞着怀，镜子里现出若干个女子横切竖割的胸部。

　　"晚报……！"利亚索罗大街上，卖报人迎着柔风嘶喊，她的预感中，有某样东西在颤抖。她把梳子扔在梳妆台上，专注地唱起了歌："谁看见了小麻雀……它飞过了窗棂……飞过了米尼奥！"——但她突然暴怒，决绝地闭上了嘴，就像合上了扇子。

　　她躺在床上，不耐烦地扇着一份报纸，房间里顿时噼啪作响。她拿起一方手帕闻着，泛红的指尖紧紧地压着粗糙的绣花。她又一次扇着风，脸上几乎带着微微笑意。哎！哎！她感叹地笑着。她看到一位尚算年轻的女子那清澈的微笑，然后她闭上眼睛，更大力地扇着风，笑意更浓了。哎！哎！她就像一只蝴蝶从街上翩翩而来。

"美好的时光啊，你知道谁来家里找我吗？"她寻摸着可能聊得着的有趣话题。"那我可不知道，谁呀？"有人问她，脸上浮起讨好的微笑，悲伤的眼睛嵌在苍白的脸上，让人不安。"是玛丽娅·吉特利娅，老兄！"她叉着腰，快言快语地回答。"对不起，请问这位姑娘是谁？"那个人彬彬有礼地问，不过此时已看不清脸。"你！"她些许忿恨地截断了闲聊，真讨厌。

哎！这房子真让人挥汗如雨啊！她在巴西扇着风。太阳隙过百叶窗，如吉他一般在墙上颤动。电车从门德萨大街开来，利亚索罗大街在它沉重的气喘中颤抖。她半是好奇半是烦闷地听着客厅里餐具柜的轻抖。她不耐烦地翻了个身，趴在床上，一边深怀爱意地绷直脚趾，一边睁大眼睛等待着下一段思绪。"有找寻，才会找到"，她喃喃着，这句话有着谚语的形态，仿佛最终接近了某种真理。终于她睡着了，嘴微微张着，涎水弄得枕头湿嗒嗒的。

直到丈夫下班回家走进里面的房间时她才醒来。她不想吃晚饭，也不想出去伺候他，便又睡着了：男人会打发掉中午的剩饭。

既然孩子们都去了姑姑在雅卡雷帕瓜①的庄园，她索性好好利

---

① 里约热内卢街区，位于城市西部。

用一番，早上时她一反常态：躺在床上，混沌而轻盈，这是任性，大家都知道。丈夫穿好了衣服出现在她面前，而她甚至不知道男人早饭做了什么，既不想看他穿了什么，也不在乎他有没有刷牙、今天是不是去城里谈生意。然而，当他凑近想亲吻她时，她的轻盈如同枯叶一般碎裂：

"滚！"

"怎么回事？"男人错愕地问，随即尝试起一种更有效的爱抚。

她很执拗，不知道该如何回应。她如此坦荡，如此高贵，以至于无处找到一种回应。她发火了：

"别烦我！别像只老猫一样查我！"

他思考了一下，澄清道：

"啊！姑娘！你病了。"

她受宠若惊，出人意料地接受了。这一整天她卧在床上，倾听着家中的寂静，没有孩子的喧闹，没有丈夫的身影，今天，他会在城里吃饭。这一整天她卧在床上。她的暴怒轻薄而炽热。只有上厕所的辰光她才起床，然后再高贵而触怒地返回。

上午变作鼓胀而漫长的下午，又变作深不见底的夜晚，无辜地将整幢房子捎入黎明。

她依然卧在床上，平静，即兴。她爱……她提前爱上了一个终究会爱的男人。谁知道呢，这事时常发生，对于双方来说，既不存在责任也不构成伤害。她卧在床上思考着，思考着，几近窃窃地笑。思考着，思考着。思考什么呢？好吧，她不知道。就这样吧。

倏然间，她狂躁地起身。那最初一刻的虚弱里，她仿佛痴傻又脆弱，房间旋转着，旋转着，直到她摸索着重新躺在床上，她很错愕，因为也许这竟是事实："哦，姑娘，你是真的要让我生病啊！"她不相信地说。她把手放在额头上，看是不是已经发烧了。

这一晚，直到入睡，她都在幻想，幻想：想了多久？直到轰然倒下：她沉沉地睡着了，与丈夫一起打起了呼噜。

天亮了很久，她方才醒来，土豆等着削皮，孩子们下午从姑姑那儿回来，哎，我太放任自流了！这一天要洗衣服，要补袜子，哎，我真游手好闲啊！她好奇而且满意地自怨自艾，去购物，不要忘了买鱼，天亮了很久，阳光倏忽的上午。

然而周六晚上，他们去了拔牙者广场的饭馆，一位颇为阔绰的商人邀请吃饭，她身穿簇新的小礼服，不是那件挂满了饰品的，就是那件质料极其上乘的，这些服饰令她存续于外在的生命里。周六晚上，她在拔牙者广场喝醉了，她醉了但丈夫在一旁扶着她，她端庄地坐在另一个男人对面，试图与他攀谈，他如此富有，如此风雅，而她的谈吐可不土气，她早就在首都安家了。不过，她真醉得不能再醉了。

如果说丈夫不醉，那也是因为他不想失礼于商人。他无比努力，无比卑微，听凭另一个人予取予夺。这很适合这个风雅的场合，但是她想发笑。真让人轻看啊！她看着塞进新衣服里的丈夫，觉得他就是个笑话！虽然她已经醉得不能再醉，却没有失去女孩的骄傲。杯子里的绿酒渐渐空了。

当她喝醉时，就像周日的一场盛宴，所有因自身性质而彼此分离的事物——橄榄油的香气在这边，男人在那边；汤碗在这一侧，侍应生在另一侧——所有这一切因自身性质神奇地结合在一起，一切不过是媾和，一切不过是没羞没臊。

她的眼眸闪烁而坚硬，她的身姿处于艰难阶段，甚至握不住牙签筒，然而，实际上，她的内心很安详，满心的乌云仿佛轻易腾挪而出。嘴唇丰盈，牙齿洁白，葡萄酒把她胀满。酣醉的虚荣方便她鄙视一切，把她变得如同母牛一般成熟而圆润。

她当然要发言。因为她不缺讲的事，也不缺讲的才能。但是喝醉时说的话就仿佛怀着胎——话只是含在嘴里，和怀孕的核心机密关系不大。啊！她可真奇怪啊！周六晚上，她平日里的心智迷失了，然而迷失真好，因为平日里的记忆就只有那双备受摧残的小手，而她现在却把胳膊肘支在红白格桌布上，仿佛支在赌桌上，深深地投进一场低下而却天翻地覆的生活。而这声大笑？这声大笑正从她那洁白丰润的喉咙中释放，回敬着商人的风雅。这声大笑从睡意的深处来，从拥有躯体之人的确信中而来。她洁白的肉甜美无比，仿佛龙虾的肉，一只在空中慢慢摆动钳子的活龙虾。她渴望感觉到恶，以令甜味在腐败的善中进入得更深。她有拥有躯体之人的小小恶意。

发言的同时，她好奇地听着自己怎么答复这位富有的商人，在如此美好的时刻，他花钱邀请他们共进晚餐。听到自己的答复时，她感到得逞了，又有些惶惑：她这种状态下说出的话会成为未来的预兆——此时，她已经不再是龙虾，而变成了纯粹的星相：天蝎。因为她是十一月份出生的。

人们睡觉时，探照灯会徘徊到黎明——她的醺醉也是如此，在高处慢悠悠地游荡。

同时，她敏感啊！但她真的很敏感啊！当她观看餐馆里那幅精湛的画作时，她立即拥有了艺术敏感。她生来本该做别的事，谁都移除不了她的这个想法。她就是为艺术而生的。

但她真的很敏感啊！现在，不仅是因为那幅画，上面的葡萄、梨子和鳞片熠熠发光的死鱼。她的敏感令人不安，但不痛苦，就像断了的指甲。如果她愿意，她还可以允许自己拥有变得更敏感的骄奢，还可以走得更远：因为她受到某个处境的保护，就像所有在生活中获得某个位置的人一般，她受到保护。就像一个人陷入不幸会遭到阻挠。啊，母亲，我真不幸啊！如果她愿意，还可以再往杯子里倒点酒，因为生活中获得的某个位置在保护她，她还可以更醉一点儿，但是不能失去自尊。就这样，她更醉了一点儿，双眼在餐馆里逡巡，餐馆里那些干干巴巴的人真活该被鄙视啊！没一个男人是真有种的，一个个都愁眉苦脸。餐馆里那些干干巴巴的人真活该被鄙视啊！而她却庞大而沉重，慷慨得不能再慷慨。餐馆里人与人离得那么远，彼此之间仿佛无法交谈。每个人只面对自己，天上的上帝却要面对所有人。

　　她的眼睛又一次盯在那个姑娘身上，那姑娘一进门，就惹怒了她，仿佛把芥末抹在了鼻头。她发现，那姑娘进门后不久就和她男人坐在了一张桌子上，头戴帽子，挂满饰品，金光闪闪，就像一枚假币，整个人显得圣洁而精致。她戴的那顶帽子真逗！瞧着吧，连婚都没结，就显摆起圣母的范儿了，还把那顶搞笑的帽子戴得端端正正的。可得利用好这圣洁啊！千万别把贵气打翻在汤里啊！越圣洁，就越是假纯。服务生真是大傻瓜，还在殷勤地侍候她，耍滑头啊。那陪伴在旁的男人脸色蜡黄，对此视而不见。这一朵白莲只敢臭显摆帽子，对那把细腰她倒知道藏拙，瞧着吧，绝不可能给她的男人生出娃来。哎，说实在的，这不干她什么事，可是从那姑娘一进门，她就腾地产生了一种冲动，想上前打肿这金发圣女的脸，扇耳光招呼这戴帽子的高贵人。她毫无身材可言，简直是"飞机场"。瞧着吧，就是个卖菜女，还扮成贵妇人了！

　　啊！不戴帽子来吃饭太丢人了，脑袋简直赤裸裸。而那个女人却一身贵妇派头，装得很讲究。小女人，我可知道你缺什么，还有你那个脸色蜡黄的男人！如果你觉得我是嫉妒你，嫉妒你的飞机场，你会知道的，你惹到我了，你的帽子太烦人了。像你这样的假纯，还装腔作势的，我非得扇死你不可。

神圣的盛怒下，她艰难地伸出手，握住了一根牙签。

但是，回家的困难最终消失了：现在，她在房间的家庭现实中摇摆不定，现在，她穿着拖鞋，坐在床沿，摇晃着脚。

而且，因为那双模糊的眼睛半开半合，一切都变成了肉，床脚是肉，窗户是肉，丈夫扔在椅子上的外衣是肉，一切都让她疼。她变得越来越大，摇摆、肿胀、伟岸。如果她能再靠近自己一些，会发现她其实更庞大。她的每一条手臂可以装进一个人，完全看不出那是手臂；她的眼睛可以供人畅游，完全意识不到那是眼睛。周围的一切都让她有点疼。用肉做成的东西都有神经痛。她这是着凉了，离开餐馆时染上的。

她坐在床边，听天由命，满心怀疑。

现在还没什么，只有上帝知道：她非常清楚这没什么的。现在发生在她身上的一切，以后才会真疼，才真要命：等她恢复正常大小，麻痹的身体会抽痛着醒来，她会为贪嘴与嗜酒付出代价。

所以，既然无论如何都会发生，如果是我，就会睁开双眼。她也正是这样做的，一切都变小了，也更为清晰，尽管没有任何痛苦。实际上，一切都是一样的，只是更小更熟稔。她紧张地坐在床边，肚子满满当当，全神贯注，听天由命，脆弱易碎，就像在等待别人唤醒。"你大吃一顿，但买单的却是我。"她凝视着洁白的脚趾，悲伤地自言自语。她环视周围，耐心又顺从。啊！词语，词语，房中的物品按词语顺序排列，构成了那些晦涩烦人的句子，会读的话，就去读吧。无聊！无聊死了！太烦了！真烦透了！我太惨了！愿上帝得偿所愿！又能怎么办。啊！我发生了什么，我不知道怎么说。总之，愿上帝得偿所愿！必须得说，今天晚上特别开心！必须得说，餐馆是她喜欢的，她优雅地在餐桌前一坐，真是太好了。桌子！全世界都在向她尖叫。但是她根本不想回答，耸了耸肩，不高兴地噘起了嘴，真是烦啊，不要用柔情来烦我。她醒悟了，认命了，塞满了，结婚了，她很快乐，一种隐隐的恶心。

就在这一刻，她耳朵听不见了：她失去了一种感觉。她张开手掌，罩在耳朵上，然而却令情况愈加糟糕，因为耳朵里充斥着一种电梯般的杂音，最微小的行动里，生活陡然增大，发出隆隆巨响。只有两种可能：要么是她聋了，要么是她的听力太强——所以，她以一种差劲且难受的感觉，以一种听天由命的餍足，对这个新要求做出反应。去死吧，她被打败了，温柔地说。

"在餐厅时……"她突然想了起来。在餐馆时，桌子下面，丈夫恩人的脚踢到了她的脚，桌子上面，他面色如常。是碰巧还是故意？老贼。老实说，有人还真有趣。她耸了耸肩。

还有她穿着圆领……居然去了拔牙者广场！她边想，边不可思议地摇了摇头。苍蝇停在她赤裸的肌肤上了吗？哎，太差劲了！

某些东西很好，因为它们几近恶心：杂音四起，仿佛血液里有电梯升降，同时，男人在她身边打呼，孩子们胖乎乎的，在另外一个房间睡觉，一群淘气鬼。哎，我这是怎么了！她绝望地想。吃得太多了？哎，圣母啊！我这是怎么了！

这就是悲伤。

她用脚趾摆弄着拖鞋。地板不大干净。你怎么变得这么放松这么懒惰。明天不行，因为她的腿会不舒服的。等后天，再看她的家：她会用肥皂和水使劲擦拭，除掉所有污垢！到时再看！她暴怒地威胁着。啊！她感觉非常好，非常强悍，仿佛乳房里依然有奶水，非常强大。丈夫的朋友见她如此美丽如此肥硕，对她立马肃然起敬。当她害羞时，眼睛都不知道往哪里瞅。哎！真悲伤啊！能干点什么呢？她坐在床边，认命地眨着眼。能看到夏夜的月亮可真好啊。她倾着身子，毫无兴致、得过且过。月亮。能看到真好。金黄的月亮高高挂着，在天空中滑动，真是可怜啊。滑啊，滑啊……很高，很高。月亮。这时，在突兀的爱中，一声粗口爆炸了：臭婊子，她笑着说。

效法玫瑰

　　阿曼多下班回家之前，她得把屋子收拾好，还要穿上那件棕色的长裙，这样，等丈夫换衣服时，她可以在旁伺候，之后，两人平静地离开家门，手挽着手，就像从前一样。他们有多长时间没这样了？

　　但是，现在，她又一次"好"了起来。他们会去乘坐公共汽车，作为妻子，她会挽着他的手臂，朝车窗外面看。之后，他们会与卡洛塔及若昂共进晚餐，亲密无间地依偎在长椅上。她有多长时间没看过阿曼多如此旁若无人地瘫在椅子上与另外一个男人聊天？男人的安宁在于与另一个男人倾谈报纸上的新闻而全然忘记妻子，而她将会与卡洛塔谈谈女人的那些事，她会臣服于卡洛塔专断而实际的善意，再一次从女友这里收获忽视与隐隐的鄙视，卡洛塔天性粗率，从不茫然而好奇地关心别人——果然，她看到阿曼多已将妻子忘在脑后。而她自己，也会有自知之明地回归无足轻重。就像一只在外面过夜的猫，仿佛什么都没发生，一言不发，发现有一碟奶在等待着它。人们欢欣鼓舞地帮她感觉此刻她"很好"。他们从不注视她，不遗余力地帮她忘记，他们自己也装作忘记，仿佛读过了同一种用药指南。或者他们真的忘记了，天知道。她有多长时间没看过阿曼多如此放松地瘫在椅子上并把她完全忘在脑后？而她自己呢？

劳拉中断了整理梳妆台，她看着镜子中的自己：而她自己呢？多长时间没这样了？她的面庞有一种主妇的优雅，硕大而苍白的耳朵后面，一头长发用发夹夹住。棕色的眼睛，棕色的头发，黝黑平滑的肌肤，这一切为这张已不年轻的脸平添了一份谦卑的女人味。从眼眸深处潜藏的惊喜那极为微小的点里，从那备受冒犯的极为微小的点里，有人能看出她没有孩子的缺憾吗？

她做事一向一丝不苟，因此，当年上学时，她用完美的字迹，抄写下所有要点，即便根本不懂。她做事一向一丝不苟，现在她重整旗鼓，计划在女佣下班之前收拾好房子，因为，这样，即便玛丽娅在外面，她也什么都不用干，只需要：（1）平静地穿好衣服；（2）等待阿曼多收拾停当；（3）第三点是什么？对，正是她要做的。她会穿上那条棕色长裙，衣领是奶油色的蕾丝花边。还要洗好澡。当年在圣心学校读书时，她总是把自己收拾得干干净净的，因为她喜欢整洁卫生，害怕乱七八糟。而卡洛塔，那时已经有些标新立异，却并未因此而对劳拉敬佩有加。两人的反应总是大不相同。卡洛塔野心勃勃、大声说笑；而她，劳拉，却有些缓慢，可以这样说，她时刻注意保持缓慢。卡洛塔觉得一切都没有危险，而她则小心谨慎。当要她们阅读《效法耶稣》^①时，她以愚蠢的热情读完了，却不能理解，但是，愿上帝原谅她，她觉得，如果有人想去效法耶稣，一定会迷失的——迷失在光明之中，但依然是危险重重的迷失。耶稣是最坏的诱惑。卡洛塔却连读都没读，她向修女撒谎，说已经读完了。对。她会穿上那条棕色长裙，衣领是奶油色的蕾丝花边。

但是，当她看到时钟，吓得用手捂住了胸口。她突然记起，她忘记喝牛奶了。

她来到厨房。她仿佛犯了大错，因为粗心大意，背叛了阿曼多和那些忠实的朋友，还在冰箱边上，她便以一种焦灼的缓慢，喝了好几口奶。她满怀信仰，全神贯注地喝下每一口，仿佛正在沉痛悔罪、弥补过错。医生说过："两餐之间要喝牛奶，千万不要空腹，因为会引起焦虑。"因此，虽说她并不焦虑，她却也不分辨，只是一口又一口、一天接一天地喝进牛奶，从不出错，闭着眼睛，只是服从，怀着微微的热情，以便让自己看不到连自己都

① Imitação de Cristo，即《师主篇》，又译《轻世金书》《遵主圣范》《效法基督》，是一本著名的天主教灵修书籍。该书成书于中世纪，1418年首次以匿名方式发表。关于作者有很多说法，普遍认为是德国隐修士托马斯·肯培。

不相信。尴尬的是，医生貌似自相矛盾。医生给了她一个精确的命令，她本想以皈依者的热情遵从，但医生同时却说："放松，慢慢做事，不要太用力——把发生的事都忘掉，一切会自然恢复原状。"他拍了拍她的后背，她受宠若惊，高兴得脸都红了。但是以她之愚见，这两个命令彼此不容，就仿佛是要她一边吃木薯粉一边吹口哨。为了合二为一，她耍了一个花招：喝下那一杯牛奶，会获得秘密的力量，每一口中蕴藏着一个词的味道，会重新唤起拍击后背的能量。这杯奶她会带到客厅，她"自然而然"地坐下，装成毫不在意，"不要太用力"——这样，她便巧妙地遵从了第二个命令。"我就算胖了，也没什么关系。"她想，美丽从来不是第一要义。

她坐在沙发上，就像一个访客，参观自己的家。最近，家里恢复了整洁与冰冷，唤起一种属于别人家的宁静。真令人心满意足：卡洛塔总是把家里搞得像她自己一样，而劳拉则很不同，更喜欢将自己的家变成非个人的事物。因为没有个人风格，某种程度上成就了完美。

啊！回来真是太好了！真回来了！她心满意足地笑了。她拿着几乎空了的杯子，闭上了眼睛，疲惫而欣然地舒了口气。她熨完了阿曼多的衬衫，为明天做好了清单，仔细计算了早上在市集的花销，连一秒钟都没有停过。啊！又感觉到疲惫真太好了！

如果一个完美的火星人降落到地球，发现地球人会疲惫、会衰老，他一定会感到悲伤与害怕。做人有什么好处，感觉疲惫有什么好处，日复一日地失败有什么好处，这些他永远不可能理解。只有正在修行的人才能明白坏事之微妙与生命之精巧。

她终于从火星的完美中全身而返。她从未有过雄心壮志，只想成为一个男人的妻子，感激地重新遭遇了日复一日的失败。她闭上眼睛，有自知之明地舒了口气。她多长时间没有感觉到累了？但是现在，她每天都筋疲力尽，比如，她熨完了阿曼多的衬衫，她一向喜欢熨东西，不谦虚地说，她是个完美的熨衣工。之后，作为补偿，她感到筋疲力尽。再也没有缺乏疲惫的警醒。内心中再也没有那空虚、清醒但又美妙得骇然的点。再也没有可怕的独立。再也没有不睡觉——无论是白天，或是黑夜——那可怖而又简单的便利，在她的小心谨慎中，对比疲惫而茫然的丈夫，令她倏然变身为超人。丈夫的呼吸有气味，每次焦虑到沉默时，他就会有口臭，这让她泛起了刺鼻的同情心，是的，即便在她清醒的完美中，也有爱与悲悯，在她光芒四射的孤绝中，她是安静的超人。而他，他羞涩地带着苹果和葡萄来看望她，护士耸耸肩膀，都吃掉了，他正儿八经地来拜访，就像男朋友一般，携带着不幸的口臭与一成不变的微笑，为了理解她而苦苦努力，这是一个英勇行为，他从父母那里遗传了英勇，他不明白这位蒂茹卡①的姑娘遭遇了什么，不期然中，就像安静的船在水中扬帆，她竟变成了超人。

现在，不会再这样了。永远不会了。啊！那不过是一种软弱，天分是最差劲的诱惑。但是，后来，她完全回来了，甚至又一次开始小心翼翼，不要因为对细节年深日久的热爱而惹恼其他人。圣心学校同学的话语她记得很清楚："这个你已经讲了一千次了！"她记起来了，不安地笑了。她完全回来了：现在，每天她都觉得很累，每天黄昏时分她的脸都会憔悴，而夜晚也恢复了它古老的功用，不再仅仅是个完美的星夜。一切都和谐地实现。正如所有人一样，每一天都令她疲惫不堪。正如所有人一样，她是人，容易腐坏。再也没有完美，再也没有青春，再也没有那某一天在她的灵魂中扩散开来的事物，一如癌症一般。

她睁开睡意沉重的双眼，感觉到手中玻璃杯的美好固态，但是，她再一次合上了眼睛，露出疲惫的舒爽的笑意，仿佛所有的细胞荡涤一新，她徜徉在令人轻微恶心的家庭海洋中。是的，轻微的恶心。但这又有什么关系，反正连她自己也令人轻微地恶心，她很清楚这一点。但是丈夫却没发现，所以又有什么关系，因为感谢上帝，她没有生活在一个要求她更聪明更有趣的环境中，她甚至摆脱

_____

① 里约热内卢北部街区。

了中学，那里不尴不尬地要求她机警。又有什么关系。疲惫中——她熨烫了阿曼多的所有衬衫，还不算早上她去了市集，在那里耽搁了很久，因为她喜欢消磨时间——疲惫中，给了她一处好地方，一处谨慎而沉闷的空间，她曾经离开那里一次，让自己和他人都很是不安。但是，正如她一直在说的，感谢上帝，她回来了。

如果她为更多的信念与爱而忧心忡忡，在疲惫中，她会找到那个比睡意还好的地方。她高兴地叹了一口气，在恶作剧般顽皮的一刻，她尝试碰撞那温软的呼气，她的呼吸已经睡意蒙眬；在那一刻，她尝试着打个盹儿。"就一会儿，就一会会儿！"因为太困了，她乞求自己，她狡黠地恳求，仿佛在向一个男人恳求，这样一向可以取悦阿曼多。

但是，此刻她根本没有时间睡觉，连打个盹的时间都没有——她不无虚荣而又假装自谦地想，她真是个忙人啊！她一直羡慕那些可以说"没有时间"的人，而她现在已经重新是个大忙人了：她即将和卡洛塔共进晚餐，一切必须准备停当。这是她回来之后的第一顿晚餐，她不想迟到，她必须准备好，等……好吧，这个我已经说了一千次了，她羞赧地想。只说一次就够了："不想迟到"——这个理由足够充分：既然她从来都不能忍受给别人添乱而心无半点愧疚，那么现在，她更不应该……是的，毫无疑问：她没有时间睡觉。她应该做一些事，赶紧进入日常那熟悉而私密的丰裕之中——卡洛塔鄙视她对日常的热爱，这让她感到受伤。她应该做的是：（1）等着女佣干完活；（2）给女佣钱，让她去买明天吃的肉，后腿肉。讲讲买到好肉有多么艰难是一个好话题，但是如果卡洛塔知道了，又该瞧不起她了；（3）开始精心梳洗、穿戴，毫无保留地投身于消磨时间的快乐。那件棕色的长裙和她眼睛的颜色很搭，奶油色的蕾丝领给了她几分童真感，就像过去的小男孩。她回归了蒂茹卡黑夜般的平静——再也没有那缕刺眼的光，护士梳妆整齐，兴冲冲地下班，却把她抛进了胰岛素的深渊，就像一只无人保护的母鸡——她回归了蒂茹卡黑夜般的平静，回归了真实的生活：她将和阿曼多手挽着手，慢慢向公车站走去，她的大腿短而粗，上系一条腰带，令她成了一个"与众不同的女性"；但是，当她惶恐地告诉阿曼多，腿粗是因为她卵巢早衰时，他却为妻子的粗腿感到骄傲，兴冲冲地回答："我娶个芭蕾舞演员又有什么用？"没人猜得到，但是阿曼多有时挺坏的，没人猜得到。偶尔，他们说的是一回事。她解释腿粗，说是因为卵巢早衰，而他却这样回答："我娶个芭蕾舞演员又有什么用？"有时，阿曼多挺不知羞的，没人猜得到。如果卡洛塔知道他们也有私密的生活，也有不能讲出来的事儿，一定会吓坏的。卡洛塔肯定以为她老实本分，有点烦人，而她不得不小心翼翼，不用细节来烦人。和阿曼多一起时，她有时更放松、更烦人，而他从不介意，因为他装作在听，其实根本没听她在讲什么，但这并不会让她受伤。她对此完全理解，她说话有点招人烦，但是能和阿曼多讲讲买不到肉真太好了，即便他晃荡着脑袋，根本没有在听。女佣和她说话比较多，其实，更多是她在说，而不是女佣，她依然小心翼翼地不让女佣觉得烦。女佣有时按捺住不耐烦，变得有点不礼貌。都是她的错，因为她不值得被尊重。

但是，正如她一直说的，他们手挽着手，她很矮，而他又高又瘦，不过，感谢上帝，他很健康，而她有一头棕发。她有一头棕发，因为她隐隐觉得，妻子就该这样。黑发或者金发都太过分了，在她一切恰如其分的愿望中，她从未有过痴心妄想。而绿眼睛，在她看来，绿眼睛仿佛是没有对丈夫坦诚一切。可不是卡洛塔给了她由头，让她评头论足，是她自己，劳拉——如果给她机会，她会激烈地自我辩护，但是她从未拥有过机会——她，劳拉，不得不违心地承认，卡洛塔对付自己的丈夫很有一套，怪异而有趣，哦！并非因为是"彼此平等"，如今人人都这样，但是，你明白我的意思。卡洛塔甚至有些标新立异，有一次连她都忍不住和阿曼多评论了一番，阿曼多表示赞同，不过并不在意。但是，正如她一直在说的，穿上那件有蕾丝领子的棕色长裙……——这个白日梦将她塞满，她因此而开心，一如整理抽屉。有时她甚至会把抽屉搞乱，只为了能重新收拾。

她睁开眼睛，仿佛是客厅打了个盹儿，而不是她，客厅看起来焕然一新、宁静从容，扶手椅刷过了，窗帘最后一次清洗时缩了水，就仿佛裤子太短，人滑稽地看见了自己的腿。啊！井然有序、一尘不染，再看到这一切真好啊！一切都被她那双巧手整理得干干净净，一切静谧，花瓶伫立，仿佛候诊室。她一向觉得候诊室很美，如此顺从、如此没有个性。平凡生活可真丰裕啊！她终于从铺张浪费里回来了。甚至还有一瓶花！她凝视着花。

"真好看啊！"她的心突然幼稚了，不由得感叹起来。这些野生的小玫瑰是她早上在市集买的。部分因为卖花的男子坚持不懈，部分因为她的勇敢。就在早上，她把花插进了花瓶，同时，喝下了十点钟的那杯神圣的牛奶。

然而，沐浴在客厅的光线中，玫瑰奉献出全部而宁静的美。

我从没见过这么美的玫瑰，她好奇地想。仿佛她刚刚并没有想清楚，她模糊地意识到自己刚才并没有想清楚，迅速克服了认识到自己有点讨厌的窘迫，进入了惊奇的新阶段："老实说，我从来没有见过如此美的玫瑰。"她全神贯注地注视着花朵。然而她的注意力不能维持很久，旋即变成了轻柔的愉悦，她无法继续剖析玫瑰，只能顺从好奇心，以同一声感叹打断了自己的思绪：实在太美了！

完美的玫瑰，一根茎上有好几朵。某一刻，一些玫瑰微微起了贪心，爬到了另一些玫瑰上面，然而，之后，待动作完成，它们便安静地一动不动了。小巧而完美的玫瑰，还未完全绽放，花色几近于白。看上去简直是假花！她惊奇地说。如果完全盛开，还可以给人一种白色的假象，然而，中心的花瓣卷曲成芽，颜色浓郁，仿佛一只耳廓，看得到内部的红艳。实在太美了，劳拉惊奇地想。

但是，不知道为什么，她有点不安，有点惶惑。啊！没什么，只是极度的美让她烦心。

她听见了女佣在厨房地砖上走动，从声音上判断，穿的是高跟鞋。她应该做好了准备，马上就要走了。此时，劳拉想出了一个别出心裁的主意：为什么不让玛丽娅去卡洛塔的家，把玫瑰送给她当礼物呢？

也是因为那极度的美令她烦心。这是一种危险。啊！不，为什么危险？只是让她烦心而已，这是一个提醒。啊！不，为什么提醒？还是让玛丽娅把花给卡洛塔送去吧。

"劳拉夫人让我送来的。"玛丽娅会这样说。

她想着想着，笑了：卡洛塔一定会觉得奇怪的，如果劳拉想送她花，可以自己带过去，但居然晚饭之前派女佣送了过来。而且，收到花她不但会觉得很有趣，甚至会觉得很"风雅"的……

"我们之间不需要这样，劳拉！"卡洛塔会这样讲，坦荡中带有几分粗豪，而劳拉会大叫着强辩：

"哦！不！不！不是因为你们请我们吃饭！是因为玫瑰太美了，我一时兴起，想送给你！"

是的，如果时间合适，而她又有勇气，她一定会这样说。但她真会说得一模一样吗？她可不能忘记，她要说的这些话："哦！不！"等等。卡洛塔一定会惊奇于劳拉感情的细腻，没人想得到劳拉居然也有自己的小心思。这个想象的快乐场景令她绽放圣女一般的笑颜，她称自己为"劳拉"，仿佛在叫一个不相干的人。劳拉，一个不相干的人，她的信念温柔而炸裂，感恩而平静，劳拉，她的衣领是蕾丝的，保守的衣着，阿曼多的妻子，终于，阿曼多不再需要费力关注她谈论的女佣与肉，不再需要牵挂自己的妻子，恰如一个幸福的男人，恰如一个没有娶芭蕾舞演员的男人。

"我忍不住送了你玫瑰。"劳拉会这样说，这个不相干的人实在太……但也太……送玫瑰几乎就跟玫瑰本身一样美好。

但她也会摆脱这些玫瑰。

那么真的会这样发生吗？嗯，是的：就像她一直说的，看到那个既不聪明也不美好的劳拉居然有自己的秘密心思，卡洛塔一定会大吃一惊。阿曼多呢？阿曼多会惊恐地看着她——不要忘记，他根本不知道女佣下午送去了玫瑰！——阿曼多会仁慈地面对小妻子的一时冲动，晚上，他们会睡在一起。

这样，她将忘记玫瑰与它的美。

不。她隐隐地醒觉了，突然想起来。必须当心别人惊恐的目光。绝不可以再引起惊恐，尤其不能让她新干的事吓到人。重点是不能让任何人产生一丁点儿的怀疑。千万不能引起别人的注意，所有人都默默地看着她，而她要面对所有人，这种可怕的事绝对不可以发生。一时冲动什么的就算了吧。

然而这时，她看见了手里的空杯子，想了起来："他"让我不要太用力，更不要事事主动，只为证明我已经……

"玛丽娅。"她又一次听到了女佣的脚步声，喊她过来。女佣过来后，她勇敢而叛逆地说："请去卡洛塔夫人家里，给她送一束玫瑰。你就这样说：'卡洛塔夫人，劳拉夫人派我送来的。'你还可以这样说：'卡洛塔夫人……'"

"好的，好的，我知道了。"女佣耐心地说。

劳拉拿出一张旧的丝纸。之后，她小心地把玫瑰从花瓶中取出，花朵如此美丽、如此宁静，长着纤细而又致命的刺儿。她想把花包得艺术一些，同时摆脱它们。然后，她会穿好衣服，过好她的一天。她把花朵集成一束，拿花的手向前探，打远处望着，半歪着头，半闭着眼睛，想得出一个公正而严谨的判断。

当她注视时，她看清楚了玫瑰。

因此，她无力自拔，轻轻地劝说自己：不要送出玫瑰，它们真美。

一秒钟之后，思绪依然很轻，却略微加剧了一些，几乎成为一种诱惑：不要送，玫瑰是她的。劳拉有点吓到了：为什么东西从不属于她呢？

　　但是，这些玫瑰是她的。玫瑰红，小巧而完美。是她的。她不可置信地看着：玫瑰很美，属于她。如果她可以进一步思考，她会这样想：直到现在，还没有什么东西属于她。

　　她可以留下玫瑰，因为最初的不适已经过去，它曾隐隐避免她多看玫瑰。

　　那么，为什么要送出？因为好看就要送人吗？你发现一件好看的东西，会急着送人吗？花是她的，她劝服了自己，尽管没有找到其他理据，还是那一个理由，一再地重复下，她觉得越来越可信、越来越简单。花开不长的——为什么要在花活着的时候把它们给人呢？拥有花儿的快乐并不危险——她开始自欺——反正，无论愿不愿意，很快就不再拥有了，也不会再想了，因为花都死了——花活不长的，为什么要给人呢？以犯下罪孽女子那晦暗不明的逻辑，花开不长这个事实令她消除了占有花朵的负疚。因为都知道，花开不长的（须臾便死，没有危险）。而且——在对负罪感最后一次的成功狙击中，她这样辩护——又不是她起意要买的，是那个卖花的很执着，而每当别人一逼她，她就惊慌失措，反正不是她起意要买的，她没有责任。她看着玫瑰，着迷、思索、深沉。

　　老实说，我一生中从来没有见过这么完美的东西。

　　很好。但是，现在，她已经吩咐了玛丽娅，没法回头了。难道太迟了吗？她害怕了，看着玫瑰，它们正被动地等待在她的手上，只要她乐意，就根本不算晚……她可以这样和玛丽娅说："哦！玛丽娅，我决定还是等我赴宴时自己带过去。"当然了，她不会带去的……而玛丽娅绝对不会知道的。换衣服之前，她会在沙发上坐一会儿，坐一小会儿，只为观赏那些玫瑰。也观赏玫瑰那安静的超然。是的，因为，既然事情已经做了，那不妨好好享受，也不能光付出而不求回报。她会这样做。

玫瑰已在她的手上摊开，但她还在等待。她没有把花放回花瓶，也没有喊玛丽娅过来。她知道为什么。因为她必须送出去。啊！她知道为什么。

而且，因为美是为了给予或接受，而不是仅仅为了拥有。尤其是，它从来不为存在而美。尤其是，它就不应该成为美的事物。一样美的东西就给不出去了。永远不应该占有一样美的东西，这样，才能把它保存于内心那完美寂静之中。（尽管，如果她不把玫瑰送出去，世上也不会有人知道她曾打算送出去过，谁会发觉呢？占有这些玫瑰太简单了，简直唾手可得，谁会发觉呢？花是她的，这是理所当然的事，谁也不会说什么……）

所以？所以呢？她微微不安地自问。

所以，不了。她应该包好花束，派玛丽娅送去，不该只顾自己此刻开心。她要包好花束，绝望地送出，惊恐地摆脱玫瑰。也是因为一个人应该有始有终，她的思想要前后统一：如果她送花给卡洛塔是她自愿的决定，就该坚持到底，把花送去。因为人不能总是变换主意。

可是，是人就会后悔啊！她突然又变了。因为在拿起玫瑰的那一刻，我才发觉它们有多美，说实话，当我拿起玫瑰时，才第一次发现了它们的美。或者是在那之前？（即便玫瑰是她的。）即便医生拍着她的背，对她说："您不要努力装成很好，因为你真的很好。"然后使劲地拍她的背。所以，她不必一定有始有终，她无需向别人证明什么，完全可以占有玫瑰（即便——即便玫瑰是她的）。

"好了吗？"玛丽娅问。

"快了。"劳拉惊讶地回答。

她看着玫瑰，在她的手上，花朵如此默然。极端的美中，花朵不属于任何人。极端的玫瑰的完美寂静。最后一搏：开花。最后的完美：光辉灿烂的宁静。

仿佛上了瘾，她起了微微的贪心，注视着玫瑰迷人的完美。她注视着玫瑰，嘴唇有点干。

她终于缓慢而严格地将花茎与它的刺包进了那张丝纸中。她如此专注，以至于将花束伸远时才发现玛丽娅不在客厅里——这样，在她的英勇牺牲中，她孤身一人。她有些痛苦，远远地凝视着伸出的胳膊尽头的玫瑰——而她的嘴唇变得更干了，因为嫉妒，因为渴望。但是它们是我的，她怀着巨大的羞涩，说。

玛丽娅回到客厅，想拿起花束，在那至为短暂的贪婪一瞬，劳拉缩回了手，想再多拥有玫瑰一秒——它们很美，而且是我的，第一次有美丽的东西是我的！况且是那个卖花的坚持，不是我想买的！啊！就这一次！就这一次，我发誓以后再也不了！（她本可以留一朵玫瑰给自己，就一朵，仅此而已。只有她知道，以后再也不了，啊！她发誓以后再也不会任凭完美诱惑，再也不会！）

下一秒，没有半点过渡，没有半点阻碍——玫瑰已经到了女佣手中，再也不属于她，就像一封投入邮筒中的信！再也不能挽回了！再说什么也没有用了！也不能着急地大喊：我想说的不是这个！她两手空空，但是心依然固执而怨恶地劝说："你可以在楼梯上截住玛丽娅，你当然明白你可以这样做，然后接过她手中的玫瑰，偷走。"为什么现在拿走玫瑰是偷呢？偷曾属于她的东西吗？一个对其他人不讲任何情面的人就会这样做：偷走原本属于她的东西！上帝啊！可怜可怜吧！你可以挽回一切，她愤怒地坚持道。然而这时，大门有了响动。

这时，大门有了响动。

这时，她缓慢地坐在沙发上，平静下来。她连背都没靠上。只是想休息一下。不，她不生气，啊！一点也不生气！然而，眼眸中那个备受冒犯的小点变大了，思虑更深了。她看着花瓶。"我的玫瑰哪儿去了?"她平静地说。

她想念玫瑰。它们已然在她的体内留下一处空白。你从干净的桌子上拿走一样东西，在更干净的印迹对比下，你会看到周围布满了尘埃。玫瑰在她的体内留下了一处没有灰尘也没有睡意的空间。她内心里缺少了那支玫瑰，她本可以抽出一支来，这并不伤害世界上任何人。

是的，仿佛是缺失。一种失落犹如光亮一般进入到她体内。玫瑰的印迹周围，尘埃也消失不见。疲惫的中心敞开了，如圆圈般扩散。仿佛她连一件阿曼多的衬衫都没熨烫。在空白的地方，玫瑰让人想念。"我的玫瑰哪儿去了?"她抻着裙子上的皱褶，自怨自艾，但并不痛苦。

就像往红茶里挤几滴柠檬，茶汤会明亮起来。她的疲惫也渐渐明亮起来。或者说，疲惫已经不见了。就像萤火虫燃起。既然已经不再疲惫，那么应该起身穿衣。是时候了。

但是，有一瞬间，她嘴唇干干的，尝试着在心里效仿玫瑰。真的一点都不难。

不累简直太好了。这样，她去吃晚饭时会更容光焕发。为什么不给蕾丝衣领配一个吊坠戴呢?就是少校从意大利战场上带回的那个。肯定和开领特别配。等她穿戴好了，会听到阿曼多的钥匙开门的声音。她该穿衣服了。但是现在还太早。交通不畅，他会耽误一会儿。现在不过是下午。一个非常美丽的下午。

然而，已经不再是下午了。

已经是晚上了。最初的黑暗之声与最初的灯火在街上升腾起来。

而且，钥匙轻车熟路地插进了锁眼。

阿曼多即将打开家门。他会按下电灯的开关。门框里会突然裸露出那张期待的脸，他一直试图掩饰，但无法抑制。然后，他短促的呼吸终将变成如释重负的微笑。那是尴尬的欣慰之笑，他从未怀疑她已发觉。那种欣慰，可能和轻拍背部一起，劝服她可怜的丈夫隐藏好情绪。然而，对于妻子那颗充满负疚的心，每一日都是奖赏，因为她终于能够再次给予那个男人可能的喜悦与平和，它们神圣无比，因为一位严厉的神父，他只允许众生谦卑的喜悦，而不是效法基督。

钥匙转开了门锁，阴暗而匆忙的身影进入了，亮光猛烈地淹没了客厅。

他就伫立在门口，气喘吁吁的，好像会突然瘫倒，仿佛跑了好几里，只为不回来太迟。她要微笑。这样，他终于可以抹去脸上那抹焦灼的期待，连同幼稚的胜利，他及时赶回了家，正遇见她的无聊、善良、勤劳，是他的妻子。她要微笑，这样，他会明白即便回来迟了，也再也不会有那种危险。她要微笑，这样，才能温柔地教会他相信她。建议他们不谈这事一点用都没有：他们的确不谈，但是他们发明了一种面部语言，恐惧与信任彼此交流，提问与回答默默传达。她要微笑。她耽误了一点时间，但依然要微笑。

她平静而温柔地说：

"你回来了，阿曼多，你回来了。"

他却仿佛根本不想弄明白，他的面容扭转出可疑的微笑。此刻，他首要的任务是止住跑上楼的气喘吁吁，因为他成功地没有回家太晚，因为她站在那里冲他微笑。他却仿佛根本不想弄明白。

"什么回来了？"他终于提问了，以一种无法探知的语气。

他试图永远不去弄明白，但他其实早已洞悉，那张喘息愈加急促的脸已经说明了一切，尽管什么特征都没变。他首要的任务是争取时间，专心致志，控制呼吸。即便事起突然，也并不困难。然而出乎他的意料。他惊恐地发觉，无论客厅，还是他的妻子，都平静从容，不慌不忙。他不禁疑虑更重，然而，就仿佛确证什么事荒谬后，一个人会哈哈大笑，他执着地维持面部的扭曲，警惕地看着她，仿佛是她的敌人。他无可自拔地看着她坐在沙发上，双手抱胸，面容端庄，仿佛发光的萤火虫。

在她无辜的棕色眼眸中，有一种骄傲的尴尬，令人无法抗拒。

"什么回来了？"突然，他严厉地问道。

"我忍不住。"她说，声音中藏不住对这个男人后知后觉的同情，对宽恕的最后恳求里混入了几近完美的孤独自傲。我忍不住，她重复着，欣慰地给了他同情，她用尽力气，一直坚持到他回来。都是因为玫瑰，她隐忍地说。

就像要摄下那一瞬间，他的脸岿然置身事外，仿佛摄影师要拍摄的只是他的脸，而没有灵魂。他张开嘴，瞬间，脸上不由自主地露出事不关己的可笑神情，他早先要求上司加薪时，便是用这个表情遮掩了不好意思。下一瞬间，他羞愧地转开了眼睛，因为妻子的不知羞耻，她坐在那里，盛开且安详。

但是，突然，紧张消失了。他的肩垂了下来，面部的线条柔软了，巨大的沉重令他放松。他变老了，好奇地看着她。

她端坐着，穿着居家服。他知道，她已竭尽全力，避免光辉照人、不可接近。他羞涩而又崇拜地看着她。他衰老、疲惫、好奇。但是一个字都说不出。从打开的门，他看着妻子，她坐在沙发上，后背没靠上，又一次警醒而安静，如同一列火车。它已经开走了。

一只母鸡

这只鸡属于星期天。她还活着，因为上午九点还没到。

她看起来很平静。从星期六开始，她便蜷缩在厨房的一个角落里。她谁也不看，谁也不看她。即便人们挑中了她，无情地用手拨弄着她的隐秘，却依然不知道她是肥是瘦。人们从来猜不出她也有渴望。

因此，当人们看到她张开翅膀短暂地飞翔，不由得惊呆了，她胸腔鼓着气，两三下之后，便到达了露台的边界。有一刻她迟疑了——正是此时，厨娘发出了尖叫——瞬间，她踏上了邻居家的露台，又从那里，经过又一场笨拙的飞行，到达了屋顶。她停在那里，宛如错位的装饰，有时用一只脚，有时用另一只脚，迟疑地立着。全家人被紧急叫出，惊愕地看着他们的午餐正紧挨着烟囱。一家之主想起了偶尔做做运动与准备午餐的双重需要，便兴高采烈地穿上一条浴袍，决定追随母鸡的路线：他小心谨慎地跳上了屋顶，而这只迟疑而颤抖的母鸡情急之下正选择另一条路。追捕越来越紧张。从屋顶到屋顶，奔波在街上一整圈的房子上。对于这场生命中最为残酷的斗争，母鸡并无准备，她不得不独自决定前行之路，她的同族帮不上忙。然而那男人是沉睡的猎手。无论这场抓捕多么微不足道，征服的呼喊已经响了起来。

这只母鸡无父无母，孑然于世，她奔跑、喘息、沉默、专注。有时，逃逸之中，她气喘吁吁地悬在檐瓦之上，而男人正困难重重地攀爬其他的檐瓦，这时，她得到了暂时重整旗鼓的时间。这样，她看起来很自由。

愚蠢、羞涩、自由。她不像逃逸中的公鸡那样趾高气扬。她的脏腑之中到底有什么令她成了一种存在？母鸡是一种存在。不能指望她做任何事。她自己都不能如公鸡信任肉冠那般指望自己。她唯一的优势在于有太多的母鸡，一只母鸡死去，同一瞬间，会出现另一只一模一样的母鸡，仿佛还是那一只。

终于，一次，她正停下来享受自己的逃逸，男人接近了她。一时叫声沸腾，羽毛扑簌，她被捕获了。随即，她被人凯旋地拎着一只翅膀，穿瓦越檐，重重地抛在厨房的地上。她依然愚蠢，略微颤抖了几下，沙哑而迟疑地咯咯叫着。

一切就这样发生。极度的匆忙中，母鸡生下一枚蛋。她惊愕而疲惫。也许太早了一点儿。不过，她生来就是为了成就母爱，随后她仿佛是一位习以为常的老母亲。她坐在蛋上，就这样一动不动，呼气，吸气，合上双眼又睁开。她的心，若是放在盘子上，只是小小的一枚，却能抬起羽翅，又让它垂下，她把温暖灌注给那个还只是一枚蛋的东西。只有小女孩凑近，惊恐地目睹了一切。她豁然惊醒，从地上一跃而起，出来喊着：

"妈妈，妈妈，别杀这只鸡，她生了一只蛋！她是为了我们好！"

所有人再一次跑进厨房，沉默地围在这位年轻的产妇身旁。这只鸡正揾热自己的孩子，她既不温柔也不烈性，既不快乐，也不悲伤，她什么都不是，只是一只母鸡。这不会唤起任何特别的情感。父亲、母亲与女儿看了好一会儿，什么都没想。从来没有人摸过母鸡的头。终于，父亲略带粗暴地做了决定：

"要是你让人杀了这只鸡，我这辈子就再也不吃鸡了。"

"我也不吃！"女孩焦急地发誓。

母亲累极了，耸了耸肩。

母鸡全然不知自己被给予了生命，从此与这家人住下来。女孩从学校回来，一边远远地丢下书包，一边毫不耽搁地朝厨房跑来。有时，父亲记得这事："它那种状况，我还追赶它！"母鸡变成了家中的女王。所有人都知道，除了她自己。她在厨房与露台之间流连，运用着她的两种能力：冷漠与警惕。

但是，当家中所有人平静下来，仿佛忘却了她的时候，她鼓起了小小的勇气，这是那场伟大逃逸的遗存，她在地板上逡巡，身躯跟着头颅向前移动，仿佛在田野上一般悠然自得，然而头颅出卖了她：它快速且颤巍巍地摇动，犹自带有独属这一物种的恐惧，那是古老而今却已变得机械了的恐惧。

母鸡会偶尔地、越来越稀少地回忆起那一刻，她在屋檐上迎风独立，准备宣告。这些时刻，她会让肺部吸满厨房中的不洁之气，如果可以让雌性打鸣，她也不会打鸣，但她会更高兴。即便在这些时刻，她空洞头颅上的表情也没有丝毫改变。在逃逸中，在休憩中，当她下蛋时，或当她啄玉米粒时——这始终是一颗母鸡的头颅，世界伊始便被画下的同一颗头颅。

直到有一天他们杀了她，吃了她，很多年过去了。

生日快乐

家里人慢慢到齐了。来自奥拉利亚 ① 的那家人穿得很齐整，因为串门也意味着趁机来科帕卡巴纳 ② 玩儿。奥拉利亚的儿媳穿着海军蓝长裙，装饰着亮片和掐褶，遮住了没系束腹带的肚子。她丈夫没来，原因明摆着：他不想见兄弟姐妹。但是，他派老婆过来，这样便不至于断绝所有关系。他老婆穿着最好的裙子来，那意思就是不需要他们。三个孩子陪着她，两个女孩胸部微鼓，缩在粉红色褶边和梆硬的衬裙里，宛若孩童，男孩穿西装打领带，显得畏畏缩缩。

吉尔达——寿星的女儿，和她同住——把椅子沿着墙摆放，仿佛要开舞会，奥拉利亚的儿媳沉着脸同家里人打了声招呼，然后一屁股坐在椅子上，一言不发，噘着嘴，一动不动，仿佛受人欺负了。"我来，是因为不能不来。"她这样对吉尔达说，然后气呼呼坐下了。一身粉红的两个女孩，还有那个男孩，头发齐整，面如土

---

① 里约热内卢北部的街区。
② 里约热内卢最著名的街区，以海滩著名。

048

色，根本不知道该干什么，只能站在母亲旁边，那一身海军蓝和亮片，令人永生难忘。

之后，伊巴内玛的儿媳也来了，带着两个孙子和保姆。丈夫稍后再过来。吉尔达有六个兄弟，她是唯一的女儿，也是子女中唯一有时间和场所照顾寿星的，多年前，她就下了决心。吉达尔在厨房里，忙着和女佣炸可乐饼做三明治，所以：奥拉利亚的儿媳直挺挺地坐着，她的儿女心绪不宁地站在一旁；伊巴内玛的儿媳坐在对面的椅子上，装着照料婴儿，因为不想直面奥拉利亚的妯娌；而穿制服的保姆却嘴巴大张，闲得要命。

寿星端坐在长桌的尽头，今天是她八十九岁的生日。

女主人吉尔达早早地布置好了桌子，摆满了彩色餐巾纸和生日纸杯，气球在天花板上悬浮，一些气球上写着"Happy Birthday"，其余的写着"生日快乐"。巨大的翻糖蛋糕摆在桌子中央。为了早点准备好，刚吃完午饭她就开始布置桌子，在墙边摆好椅子，让孩子们去邻居家玩，免得把桌子弄乱。

为了早点准备好，刚吃完午饭，她就给寿星穿好了衣服。从那时起，就给她戴上了项链，别好了胸针，还喷了一点古龙水，遮掩她长期卧床的气味，然后扶她在桌子边坐好。从下午两点起，在寂静的客厅里，寿星坐在空无一人的长桌尽头，一动不动。

偶尔她会留意彩色的餐巾纸。也会好奇地注视随车辆经过而飘荡的气球。偶尔她会泛起那无言的痛苦：她令人着迷，而又无能为力，只有苍蝇陪着她，绕着蛋糕飞舞。

直到四点钟，奥拉利亚的儿媳才进门。之后，伊巴内玛的儿媳也来了。

伊巴内玛的儿媳坐在奥拉利亚儿媳的对面，因为前仇旧恨，人家根本看都不看她一眼，这种情况，她简直连一秒钟都忍不下去了，此时，若泽一家终于进门了。大家贴面亲吻，客厅里开始有了人气儿，人们大声打着招呼，仿佛在楼下就已经想好了这一刻，因为迟到而急匆匆地走上三层楼梯，交谈，拉着目瞪口呆的孩子，塞满客厅——就这样，聚会开始。

寿星面部的肌肉已经无法表达感情，因此，谁也不知道她是不是开心。她被扔在了桌子尽头。这位老妇人硕大、消瘦、黑发黑眼，无能为力。她看起来是空瘪的。

"八十九岁！是的，先生！"若泽说，荣加去世之后，他就成了长子。"八十九岁！是的，女士！"他边说边搓手，既是当众夸赞，又向大家发出了一个难以意会的信号。

所有人立即停下，专注起来，更为正式地望向老寿星。一些人摇了摇头，啧啧称奇，仿佛面对一项纪录。对于全家人，寿星战胜的每一年，都是一段空白。是的，先生！有些人羞答答地笑了，这样说。

"八十九岁!"曼努埃尔应和,他和若泽合伙做生意。"还是花骨朵!"他诙谐而又紧张地说,大家都笑了,除了他妻子。

老太太没有任何表示。

有些人什么礼物都没送。另一些人送了肥皂盒、一套毛衣、一枚胸针、一盆仙人掌——没什么,没什么能给女主人用,或者给她的子女用,也没什么能真给寿星用,好让她省些钱。女主人收下了礼物,苦涩而又不无嘲讽。

"八十九岁!"曼努埃尔望着他的妻子,焦虑地又说了一遍。

老太太没有任何表示。

因此,所有人都仿佛拿到了无需再努力的最终批示,大家耸一耸肩,好像陪伴着聋子,随即继续自己的聚会,大家开玩笑说都要饿死了,吃掉了第一批火腿三明治,不是因为有胃口,而是想装得热热闹闹。果汁上来了,吉尔达汗流浃背,兄弟媳妇都不帮忙,可乐饼热乎乎的油脂散发着野餐的味道。他们背对着不能吃油炸食品的寿星,不安地笑着。科迪丽娅呢?科迪丽娅,最小的儿媳,静坐着,微笑着。

"不,先生!"若泽假装严肃地回答,"今天不谈生意上的事!"

"对!对!"曼努埃尔迅速后退,飞快地瞟了一眼他妻子,她坐得很远,正支着耳朵认真听。

"绝不谈生意!"若泽喊道,"今天是妈妈的日子。"

一片狼藉的长桌尽头，杯碟全弄脏了，只有蛋糕完整无损，她是妈妈。寿星眨了眨眼。

杯盘狼藉时，孩子们大呼小叫，母亲们心力交瘁，而祖母们则惬意地靠在椅子上。就是此时，他们关掉了走廊那盏无用的灯，点燃了蛋糕蜡烛，一支巨大的蜡烛，上面贴着纸条，上面写着"89"。但是，没人表扬吉尔达的创意，她不禁苦涩地自问，别人是不是还以为这样是为了节省蜡烛——谁也不记得了，没人为这场聚会贡献过任何东西，哪怕一盒火柴，只有她，吉尔达，奴隶似的伺候人，双腿筋疲力尽，心里翻江倒海。这样，蜡烛点燃了。若泽，作为领袖，热情洋溢地唱起生日歌，并以威严的眼神，鼓动着犹豫不决或目瞪口呆的亲人，"来啊！大家一起唱！"——突然之间，所有人放声歌唱，就像士兵一样。科迪丽娅被声音吓醒了，屏住呼吸瞧着。由于事先没有约定好，有些人唱的是葡语，另一些人唱的是英语。然后大家试图纠正，唱英语的改唱了葡语，而唱葡语的转用英语哼哼。

他们唱生日歌时，在燃烧的烛火中，寿星在沉思，仿佛坐在壁炉旁。

他们挑选了最小的曾孙，母亲把他抱在怀里，鼓舞着他，他满含口水，一口气吹灭了蜡烛！那一刻掌声四起，为这孩子出人意料的劲头而鼓，而他既惊讶又喜悦，开心地看着所有人。女主人的手指在走廊开关上等着——然后她开了灯。

"妈妈万岁！"

"奶奶万岁！"

"阿尼塔夫人万岁！"出席聚会的邻居说。

"Happy Birthday！"在班内特学校上学的孙子们喊道。

还有一些掌声，稀稀落落地响着。

寿星看着熄灭蜡烛的蛋糕，它又大又干。

"切蛋糕啊！奶奶！"那位四个孩子的母亲说，"她才是该切蛋糕的人！"面对所有人，她以亲切无比而又心机深沉的神情，不确定地振振有词。而当所有人都满意而好奇地表示赞同时，她突然激情昂扬了："切蛋糕啊！奶奶！"

所以，忽然之间，老妇人拿起了刀。她毫不犹豫，仿佛稍一犹豫整个人就会往前倾倒，她如杀人一般，切下了第一刀。

"真有劲儿！"伊巴内玛儿媳小声嘀咕，不知道她这是生气还是惊喜。她有点吓着了。

"一年之前，她还能爬楼梯呢，比我精神头儿都足。"吉尔达悲伤地说。

切下第一刀，仿佛在地里铲下第一锹土，所有人都拿着盘子靠上前去，假装热热闹闹，摩肩接踵，每人都要铲一下。

一阵人来人往的静寂中，蛋糕很快盛在小碟子里。小孩子们，小嘴掩在桌子后面，眼睛和桌子齐平，从头到尾守着分蛋糕，大气都不敢出。葡萄干随蛋糕屑滚落。看见葡萄干要被糟践了，孩子们很焦灼，眼巴巴地瞅着掉落。

他们看到时，寿星难道还没吞下最后一口吗？

可以这样说，聚会已经结束了。

科迪丽娅心不在焉地看着所有人，微笑。

"我早说了：今天不谈生意上的事！"若泽兴奋地回答。

"对！对！"曼努埃尔找补了一下，往后退去。他没看妻子，但妻子从未移开视线。对！曼努埃尔试图微笑，面部肌肉迅速抽搐了一下。

"今天是属于妈妈的日子！"若泽说。

长桌尽头，桌布沾染了可口可乐，蛋糕坍塌了，她是妈妈。寿星眨了眨眼。

他们走来走去，放声大笑，她的家人。而她是所有人的妈妈。尽管寿星不能突然站起，就像一具尸体慢慢起立，吓得活人统统闭嘴，但她在椅子上坐得更僵直、更高挺。她是所有人的妈妈。仿佛吊坠令她喘不上气，她是所有人的妈妈，无能地坐在椅子上，鄙视着他们。她看着他们，眨了眨眼。她所有的子女、孙子、曾孙不过是她的膝头肉，她突然想道，仿佛吐了一口痰。罗德里格，她年仅七岁的孙子，是她唯一的心尖肉。罗德里格小脸坚毅，一头乱发，生机勃勃。罗德里格在哪里？罗德里格那热情而困惑的小小头颅射出一道渴睡而又远大的目光。他会长成男人。但是，她，寿星，眨着眼，看着其他人。啊！真看不起这些人生失败的人啊！什么？她可真厉害，怎么就生出了这群混蛋啊?！一个个胳膊松垮，脸色惶惶。她是真厉害，在合适的时间里，嫁给了一个好人，她敬他爱他，依顺而又独立。她敬他爱他，和他生儿育女，以分娩报答他，为他的守护增光添彩。树木本身是好的。然而，怎么就结出了这些不幸而酸涩的果实？他们竟连真正的快乐都做不到。她怎么就生出了这群嬉皮笑脸、放任自流的软弱之辈？怨恨在她空荡荡的胸中咆哮。都是杀千刀的！杀千刀的！她以老人的愤怒，看着他们。她的这家人，真像挤挤挨挨的老鼠。她忍不住了，转过头，以意想不到的劲头，往地上吐了一口痰。

"妈妈！"女主人绝望地大喊，"你干了什么?！妈妈！"她羞愧不已，根本不想看其他人，她知道那群讨厌鬼正胜利般地交换着眼神，仿佛是她没教育好老人，就差说她不给老人洗澡了，他们从来不懂她的牺牲。"妈妈，你都干了什么?！"她痛苦地低声说。"她以前不这样！"她又大声补充道，希望所有人都听到，她也想融入其他人的震惊之中，鸡叫第三遍时，你将不认自己的母亲①。但是，当

---

① 化用《圣经·新约》中彼得三次不认主的故事。

她发现大家纷纷摇头，好像都同意老妇人现在不过是个小孩儿时，原本巨大的苦恼便变得轻松了。

"最近她总是吐痰。"最终，面对所有人，她伤心地承认了。

所有人都安静地看着寿星，心怀内疚与尊敬。

她的这家人，真像挤挤挨挨的老鼠。男孩子们，尽管都长大成人了——大概都超过五十岁了，谁知道！——男孩子们还依稀看得见漂亮的五官。但是一个个都找了什么老婆啊！孙子们一个个更软弱无能，都找了什么老婆啊！全都虚荣无比，腿细得像棍儿，戴着假项链，不会过日子的女人才戴，孩子们婚结得很寒碜，也不知道雇个女佣，个个耳朵上戴着耳钉——都不是金的！暴怒令她喘不上气！

"给我一杯酒！"她说。

寂静突然降临，每个人拿着酒杯，一动不动。

"奶奶，会不会对你身体不好啊？"矮胖的孙女小心地劝说。

"去你的奶奶！"寿星痛苦地爆发了，"你们都是坏蛋！娘炮！大王八！臭婊子！多萝西，给我一杯酒！"她下了命令。

多萝西不知道该怎么办，她环视左右，状甚可笑地乞求帮助。但是，仿佛戴上了事不关己的面具，突然之间，所有的面容都没了表情。聚会中断了，吃了一半的三明治停在手中，嘴里还有一块儿，干巴巴的，吞不得吐不得，脸颊不合时宜地鼓胀起来。大家纷纷成为瞎子、聋子、哑巴，忙着去拿可乐饼。然后淡然地看着。

多萝西无人相助，仿佛看热闹一般，倒了一杯酒，但狡猾地只倒了两指那么高。所有人面无表情，屏息静气，等待着风暴的来临。

然而，寿星并没有因多萝西倒酒太少而发火，她甚至连杯都没碰。

她的目光坚定而沉默。仿佛什么都没有发生。

所有人礼貌地交换了眼神，茫然地微笑着，抽象得仿佛一条狗在客厅里撒了泡尿。人声和笑声又没心没肺地响起。奥拉利亚的儿媳，刚才那场悲剧一触即发之时，终于第一次和其他人达成一致，此刻却不得不独自回归了严肃，就连三个孩子现在都不再支持她，叛徒一般和其他孩子玩到了一处。坐在监牢般的椅子上，她品评起别人的穿着，没有款式，没有掐褶，更不要说穿黑裙子必须戴珍珠项链的癖好，这不是时尚，这只是为了省钱。她远远地审视着三明治，上面几乎没有黄油。她什么都没吃到，没吃到！每样就只吃了一点，只为尝尝。

可以这样说，聚会再一次结束了。

人们仁慈地端坐。有些人将注意力转向自身，等着说些什么。另一些人空虚而又满怀期待，脸上挂着可亲的微笑，肚子里装满垃圾食品，谈不上营养，充饥而已。孩子们全都失控了，生龙活虎地叫个不停。有些孩子脸都玩脏了，另一些孩子，年龄比较小，全身上下都湿透了。下午很快过去了。科迪丽娅心不在焉地看着，木呆呆地微笑，一个人承受着她的秘密。她怎么了？有人从远处以头指着她，好奇却怠惰地问道，但是没人回答。其余的灯亮了，催逼着夜的静寂加快到来，孩子们开始打打闹闹。但是，灯光苍白无力，尤甚于午后紧张的苍白。而科帕卡巴纳的黄昏没有屈服，它越来越大，从窗子进入房间，如同一个重物。

"我得走了。"一个儿媳慌张地说，她站起来，晃掉裙子上的面包屑。还有几个人也笑着起身。

寿星收下了每个人小心谨慎的亲吻，仿佛她生疏的皮肤是一个陷阱。寿星眨了眨眼，收下了故意含混不清的话语，仿佛是那业已过去的时光最后的流光溢彩。夜色已经完全降临。客厅的灯看起来更加金黄、更加辉煌，人们变老了。孩子们已经玩疯了。

"难道她觉得一个蛋糕就能顶晚餐吗？"老妇人在心中质疑。

但是没人猜得出她在想什么。那些人到了门口，还看了老妇人一眼，她不过是看上去的样子：坐在脏污桌子的尽头，手紧紧握住桌布，仿佛抓着权杖，沉默是她最后的话语。桌上拳头紧握，她绝不可能只是她想的那般。终于，她的容颜追上她、超越她，安详地壮阔起来。科迪丽娅惊骇地看着她。桌布上的那只沉默而严肃的拳头在对这位不幸的儿媳说她也许应该无可救药地最后爱一次。她必须知道。她必须知道。人生苦短。人生苦短。

然而，她再也不说第二遍。因为真相只在惊鸿一瞥中。科迪丽娅惊惧地看着她。而她再也不说第二遍，永远不会再说，而罗德里格，寿星的孙子，正牵着母亲的手，他的母亲负疚、困惑、而又绝望。她再次回头看，乞求老妇人再给她一个暗示，能让她，一个女人，在撕心裂肺的冲动下，抓住最后的机会，活下去。科迪丽娅希望再一次看到。

但是当她再次看去，寿星只是桌子尽头端坐的老妇人。

那一瞥已经过去了。科迪丽娅惊骇地跟着罗德里格，他正不懈而耐心地牵着她的手。

"不是所有人都有资格与荣幸给妈妈办生日会。"若泽想起一向是荣加来致告别辞，便清了清嗓子。

"妈妈？才不是呢！"侄女低声笑道，反应最慢的表妹也笑了，尽管不觉得好笑。

"我们有。"曼努埃尔没有看他的妻子，垂头丧气地说。"我们有这个资格。"他擦着湿湿的掌心，心烦意乱地说。

但根本不是这么回事，只是告别的不快而已。若泽从来不会说话，却执着而又自信地等待告别辞的下一句喷薄而出。它却蹦不出来。它却蹦不出来。它却蹦不出来。其他人都在等着他。在这种时刻，真怀念荣加啊！若泽用手帕擦了擦额头。在这种时刻，真怀念荣加啊！荣加是老妇人唯一认可与关爱的孩子，这也给了他很多信心。在他死后，老妇人再也不提起他，在他的死和其他人之间，竖起了一道高墙。也许她已忘记了他。但是她并没有忘记用那道坚毅而直接的目光射向其他子女，而他们只能慌忙躲闪。母亲的爱坚硬得不可承受：若泽擦了擦额头，笑了，就像英雄。

突然之间，句子蹦了出来。

"明年见！"若泽突然调皮地大叫，就这样，他找到了正确的句子，一个祝福的暗语，简直恰到好处。明年见，好不好？他怀疑大家不懂，又重复了一遍。

他看着老妇人，自豪于这灵机一动，祝她精精神神地又多活一年。

"明年，在生日蛋糕前，我们再见！"另一个儿子曼努埃尔完善了合伙人的心思，做出了更好的说明。"明年见！妈妈！在生日蛋糕前！"他在她耳畔，清楚地解释了一番，同时阿谀地看着若泽。老妇人听懂了暗语，忽然有气无力地笑了起来。

"当然。"

若泽蒙对了，感觉很振奋，他激动得眼睛都湿润了，无比感恩地大喊：

"我们明年见，妈妈！"

"我不聋！"老妇人粗鲁而又亲切地说道。

儿女们难堪而又快乐地看看彼此，笑了。真说对了。

孩子们兴冲冲地走了出来，再吃不下东西了。奥拉利亚的儿媳报复似的打了儿子一下，他开心得要命，领带都不戴了。楼梯又黑又难下，这楼迟早会拆，难以理解为什么还坚持住在这里。若真拆迁，吉尔达肯定会没事找事，把老妇人推给儿媳妇的——下了最后一级台阶，感受到街上的凉爽与静寂，客人们松了一口气。晚上了，是的。带着最初的凉意。

再见，改天见，我们要经常见面，来我家，他们急匆匆地说。一些人可以毫不迟疑地真挚地看着对方的眼睛。而另一些人则为孩子穿好外套，看了看天，猜测着时间。所有人都隐隐觉得，在分别的这一刻，既然没有再见的危险，也许可以友好一点，多说点话。该说些什么？他们自己也不知道，只能互相看着，微笑，一言不发。他们希望这一刻鲜活无比，然而它却死灭如灰。他们开始分开，准备相背而行，却不知道如何毫不突兀地与亲戚作别。

"明年见！"若泽再次说起那句祝福的暗语，热情洋溢地挥着手，稀疏的白发随风飘扬。他很胖，大家觉得，他应该注意心脏。"明年见！"若泽恣肆而伟岸地喊着，他的身高好像崩塌了。但是，人们已经走远，不知道是该高声大笑让他听到，还是就在黑暗中自己笑一笑。有些人觉得，还好暗语不仅仅是个玩笑，就只有明年才会在生日蛋糕前见了，而另一些人在街道的黑暗中走得更远，他们在想，也不知道老太太能不能忍得了吉尔达的神经质和不耐烦，再挺过一年，但是他们什么都帮不了。"至少得过了九十啊！"伊巴内玛的儿媳悲伤地想，"这样也好凑个整。"她做梦般地想。

就在这时，在上面，超越了楼梯与所有的可能，寿星坐在长桌尽头，端直，确定，比她自己更大。难道今晚没有晚饭了？她在深思。死亡是她的神秘。

世界上最小的女人

　　法国探险家马尔塞勒·普雷特，狩猎者，浪迹天涯之人，在赤道非洲的深处，遇到了一个矮得令人称奇的俾格米人部落。当他得知丛林之外遥远之处还有更小的人存在，不觉更为惊讶。因此，他便朝更深处行去。

　　在中部刚果，他真的发现了世界上最小的俾格米人。就像一个套娃套另一个套娃再套另一个套娃，在最小的俾格米人之间，还有最最小的俾格米人，自然有时不得不逾越自身，也许一切正遵循着这条法则。

　　在潮湿滋生的蚊子与闷热的树木之间，在染着最慵懒的绿意的繁盛树叶之间，马尔塞勒·普雷特遇到了一个四十五厘米的女人，她成熟、黢黑、沉默。"黑得就像一只猴子"，他这样对媒体说，还透露她和她的小男宠一起生活在树顶。她怀孕了，闷热潮湿的丛林催发水果提早圆润，赐予它们一种舌尖几乎无法承受的甜。

　　这样，她就站在那里，世界上最小的女人。那一瞬间，酷热的嗡嗡萦响中，仿佛法国探险家于不期然中得出了上面的结论。实际上，只是因为他不是个疯子，他的心才没有发狂，也没有失控。他立即觉察到建立秩序及为存在之物命名的必要性，因此给她取名为小花。为了将她归类于已被认识的事实，他开始搜集相关数据。

她的种族正在慢慢灭绝。同一物种只剩少量样本存留于世。他们本可以成为人丁兴旺的民族，倘若非洲不是这样危险重重。疾病肆虐之外，还有臭水横流、食物匮乏、猛兽环伺。对于所剩无多的里库阿拉斯人，最大的威胁来自野蛮的班图人，平静气氛之下，危险却虎视眈眈，仿佛战役前的黎明。班图人用网子捕捉他们，就像捕捉猴子。然后再把他们吃掉。就这样：先用网猎，再行吃掉。这个种族一退再退，龟缩于非洲的中心，幸运的法国探险家正是找到了那里。出于战略防御目的，他们住在最高的树上。女人们下来煮玉米、磨木薯、采摘青菜，男人们下来打猎。孩子甫一出生，就获得了自由。确实，猛兽虎视眈眈之下，很多时候，这种自由并不能享用太久。但是，至少他不会抱怨生命太短而劳作太多。反正孩子会说的语言短促而简单，仅限于基本用语。里库阿拉斯人很少使用名词，一般用身体姿势和动物声响指称事物。他们有一面鼓，做振奋精神之用。当他们循鼓声起舞时，会怀揣一柄小斧头，用来抵御不知会从哪里冒出来的班图人。

就这样，探险家发现了世界上最小的人类，她正站立于他的脚前。他的心剧烈跳动，因为任何祖母绿都比不上她的珍稀。印度先贤的教诲也不如她宝贵。世间最富有的人都不曾见过这般的稀世之宝。任何最甜的美梦都无法梦见的那个女人就伫立在那里。这时，探险家羞涩地说起了话，那种柔情似水他的妻子从来不敢想象：

"你是小花。"

就在这一刻，小花挠起了痒痒，挠的是人绝不会挠的部位。探险家，久经人事的探险家，转开了目光，仿佛获颁最高纯洁勋章，那是男人作为理想主义者所期待的荣誉。

小花真人大小的照片印在了报纸周日的彩色副刊上。她裹在一块布里，向前鼓突着腹部。她鼻扁面黑，眼睛深陷，足部摊平。好像一只狗。

这个周日，一处公寓里，一个女人在摊开的报纸上，看到了小花照片，便不肯再看第二次，因为"她让我难过"。

在另一处公寓，因为非洲女人的小巧，一位女士生发出邪恶的柔情。防患于未然胜过亡羊补牢，绝不能将小花单独置于这位女士的柔情下。没人知道这款款温情会引向怎样黑暗的爱。女士整整一天心神不宁，可以说是为思恋所困。何况，这是春日，空气中飘浮着危险的善。

在另一幢房子里，一个五岁大的小姑娘，看到了照片，听到了评论，简直吓坏了。家里都是成人，小姑娘一直是家中最小的人类。如果说这是更多关爱的源泉，这同样是对专横之爱的第一抹恐惧的开始。小花的存在令小姑娘有了一些模模糊糊的感觉，很多很多年后，因为其他不同的原因，这些感觉才具体转化为思考。早慧之下，她感觉到"不幸没有止境"。

在另一个屋子里，在春的祝圣中，新嫁娘进入了悲悯的狂喜：

"妈妈，快看她的照片，太可怜了！看，她多么悲伤啊！"

"但是，"母亲坚强不屈，虽屡遭失败但仍骄傲满满，她说，"但这是动物的悲伤，不是人的悲伤。"

"啊！妈妈！"新娘备受打击地说。

在另一个房子里，一个聪明的小男孩想到了一个聪明的主意：

"妈妈，要是我趁着保罗罗睡觉，把这个非洲的小女人放在他的床上，该有多好玩！他一觉醒来，妈呀！好怕怕啊！他看到她在床上，会嚎出来的！我们可以和她玩！我们可以把她当成玩具！耶！"

此时，他的妈妈正在浴室的镜子前卷头发，想起了一位厨娘讲过的孤儿院岁月。孤女们没有玩具，而母爱却已然雀跃于她们的心中。这些早慧的女孩向修女隐瞒了一个女孩的死亡。她们把尸体藏在柜子里，修女一走，就开始和死去的女孩玩耍，给她洗澡，给她喂食，还给她惩罚，只是为了之后亲吻她、安慰她。妈妈在浴室想起了这件事，放下了悬于空中的抓满发夹的手。她思考起爱的残忍的必要性，思考起我们幸福企望中的恶毒，思考起我们希望与之共玩的兽性。多少次，我们为爱而杀戮。因此，她看向聪明的儿子，仿佛在看一个危险的陌生人。她害怕起自己的灵魂，是它，而不是她的身躯，孕育了这个擅长于生活与幸福的生灵。就这样，她以百倍的注意力与不舒服的骄傲，看着那个缺了两颗门牙的孩子，进化，他在进化，掉牙，是为了生出更会噬咬的牙。"我会给他买一套新西服。"她心不在焉地看着他，下定了决心。她执着地用精致的衣服装扮还在换牙的儿子，执着地喜欢看到他干干净净，仿佛整洁加强了那令人心平气和的肤浅，执着地完善美丽那礼貌的一面。她执着地让自己与他远离某种必须"黑得就像一只猴子"的事物。这样，看着浴室里的镜子，母亲刻意笑得文雅而又礼貌，在这张线条抽象的脸庞与小花生硬的脸庞之中，置入了不可逾越的千载距离。但是，因为经年实践，她明白这将是一个她要向自己隐藏起所有渴望、梦想与失落的千年的星期日。

在另外一个房子里，人们正贴在墙边，激动地用米尺测量小花那四十五厘米的身高。那一刻大家很开心，同时又很害怕：她比最敏锐的想象力所能想象出的更小。每一位家庭成员的心中都生出了一种思乡般的愿望，想把那个渺小而不屈的东西，那个侥幸逃脱被吃掉的命运的生灵，那个永不枯竭的慈悲源泉据为己有。全家的渴望之心炽燃，准备自我奉献。而且，谁又不想独自拥有一个如此的人类呢？确实，这不总是让人舒服，有些时候，人们并不想有感情：

"我打赌，如果她生活在这里，一定会引起争吵的，"父亲坐在扶手椅里，最终翻过了这页报纸，"在这个家里，一切都会引起争吵。"

"若泽，你总是太过悲观。"母亲说。

"妈妈，你想过她的孩子会有多大吗?"家中的长女十三岁了，急切地问道。

父亲在报纸后动了一下。

"肯定是世界上最小的黑孩子，"母亲兴奋得全身抖动，这样回答道，"想象一下，她在家里侍候大家吃晚饭! 挺着大大的小肚子!"

"够了! 别说了!"父亲吼道。

"你得承认，"母亲不经意间遭受了辱骂，回复道，"这是个稀有的东西。你真是铁石心肠。"

而那个稀有的东西自己呢?

与此同时，在非洲，那个稀有的东西的心里——谁也不知道她的心是不是也是黑的，因为大自然犯过一次错误就再也不能相信了——那个稀有的东西的心里盛装着更为稀有的东西，就像秘密中的秘密，那就是一个小而又小的孩子。探险家用目光有条不紊地审视着这最小的成熟人类的腹部。在这一刻，从认识她以来，探险家第一次感觉到的东西不是好奇，不是兴奋，不是胜利，也不是科学精神，而是不适。

因为世界上最小的女人在笑。

她在笑，很热烈，很热烈。小花很享受生命。那个稀有的东西在体验尚且没被吃掉的那种难以言喻的感受。尚且没被吃掉这件事，在其他时刻，会给她带来一种灵巧的冲动，令她腾挪于枝条之间。但是，在这个静谧的时刻里，在中部刚果层层叠叠的叶片中，她没有将冲动付诸行动，而是将冲动凝缩于稀有的东西自身的渺小之中。因此，她在笑。那种笑容就像不会说话的人只是在笑。那种笑容令局促不安的探险家无法归类。她继续享受着自己温柔的笑容，她还没有被吃掉。不被吃掉是一种最为完美的感觉。不被吃掉是整整一生的隐秘目标。此时她尚未被吃掉，她那兽一般的笑容如此甜蜜，就像快乐那般甜蜜。探险家心慌意乱了。

其次，如果那个稀有的东西在笑，那是因为，在她的渺小之中，巨大的黑暗已蓄势前行。

那个稀有的东西感觉到胸部暖意涌动，因为那种可以被称为爱的东西，她爱上了黄色的探险家。如果她可以说话，对他说她爱他，他一定会虚荣得肿胀起来。她接着说，她也很爱探险家的戒指，她也很爱探险家的靴子，这时，虚荣泄掉了。探险家一副失望的泄气样子，小花却不明白这是为什么。因为，无需久远，她对探险家的爱——可以称之为"深深的爱"，因为没有其他的手段，她只能局限于深度之中——因为，无需久远，只因她同样爱他的靴子，她对探险家那深深的爱竟会遭遇贬损。对于爱这个词，有一种古老的误解，而且，如果很多孩子因这种误解而出生，那么，同样多的孩子便失去了唯一的出生时刻，仅仅因为一种情感，它要求你是我的，是我的！它要求你喜欢我，而不是我的钱！但是在丛林的潮湿之中，并没有这种残酷的完美主义，爱是不被吃掉，爱是觉得一只靴子好看，爱是喜欢那男人的肤色，因为他不是黑的，爱是笑了起来，因为爱上了一只闪闪发光的戒指。小花因为爱而目光闪烁，她热烈地笑了，矮小，有孕而热烈。

探险家试图回之以微笑，却不知道这笑容会投向哪一处深渊，因此，他惶惑了，唯有伟岸的男人才会有那种惶惑。他掩饰地理正探险帽，羞愧得脸都红了。他的肤色变成了一种美丽的颜色，绿粉色，就像凌晨的一枚柠檬。他应该酸极了。

可能正是在调整那顶深具象征意义的头盔时，探险家呼唤自己返回秩序，认真地恢复了工作纪律，重新开始做笔记。部落能说的词汇本来也不多，通过学习，他已能听懂一部分，也学会了读解手势。现在，他可以问问题了。

小花以"是的"回答了他。说有一棵树能居住真太好了，她的树，她自己的。因为——她并没有说这话，但是她的眼睛变得如此之黑，几乎说出了一切——因为占有真太好了，占有真太好了，占有真太好了。探险家眨了好几次眼。

　　某些瞬间，马尔塞勒·普雷特感到自己很艰难。但是至少他一直在做笔记。而那些不做笔记的人，只能是有什么就用什么了：

　　"好吧！"一位老妇人决然地合上了报纸，宣布说，"好吧！我只对你说一句话：上帝知道他在做什么。"

晚　餐

　　他很晚才走进饭店。肯定忙着干大买卖，一直到现在。他差不多六十来岁，高大、肥胖，一头白发，双眉粗黑，手掌有力。手指上戴着一枚彰显权力的戒指。他坐下，宽大而坚固。

　　我收回视线，一边吃，一边观察起戴帽子的瘦削女子。她笑着，嘴里鼓鼓囊囊，黑色的双眼闪闪发亮。

　　就在我要把叉子送到嘴边的这一刻，我向他看去。他紧闭双眼，双拳紧握，置于桌上，用力而又机械地咀嚼着面包。我继续一边吃一边看他。服务生在台布上摆放餐具，但老者依然双目紧闭。服务生做出一个极为生动的手势，他倏然睁开了双眼，动作如此突兀，仿佛联通到手，一把叉子掉落于地。服务生柔声细语地说话，蹲下，捡起叉子，而他没有回应。因为他现在清醒了，突然将肉转了个儿，热烈地审视着，舌尖渐渐露了出来——他用刀背压在牛排上，几近于嗅闻，提前努起了嘴。他以聚集全身之力但实则全然无用的动作，开始切肉。稍后，他将一块肉举到脸上的某个高度，仿佛必须截获它的飞行，他的头猛然向前，将肉一口咬住。我向自己的盘子看去。当我再次注视他时，他已完全沉浸于晚餐的荣光之中，张开嘴巴咀嚼，舌头掠过牙齿，眼睛笃定地盯着顶上的灯。就在我正要切下一块肉时，看到他完全停了下来。

他仿佛再也无法忍受下去——忍受什么？——他匆匆抓起餐巾，用那双汗毛浓密的手压在眼眶上。我警惕地停了下来。他的身体正在艰难地呼吸，他长大了。终于，他拿开了餐巾，双目迟钝地望着远处。他一呼一吸，眼睑一张一阖，他拭净眼睛，慢慢地咽下剩在口中的食物。

然而，一秒钟之后，他成功重塑，坚硬无比，以全部身体，又起沙拉，前倾着身子，吃了进去。他的下颌昂扬，橄榄油润湿了双唇。他停下片刻，又一次擦了擦眼，短暂地摇晃着头——他又一次在空中捕获了一叉生菜与肉。他对经过的服务生说：

"这不是我点的酒。"

我期待着他的声音：那声音不可复制。听到那声音，我知道，没人能为他做什么，只能永远服从。

服务生端着酒瓶，礼貌地离开了。

但是，现在，老者又一次一动不动了，胸膛仿佛备受阻碍与局促。他的暴烈在束缚之中左摇右摆。他在等待。直到饥饿攻陷了他，他便眉头紧皱，再一次开始兴致盎然地咀嚼。我作为一个慢慢进食的人，感觉不知从何而来的些许恶心，进入了这桩我自己也不明白的事件中。突然，他全身颤抖，拿起餐巾，盖在眼睛上，那种粗暴令我着迷……我痛下决心，将叉子扔在盘子上，喉咙紧得无法忍受。我怒气冲冲，于屈服之中破碎。但是，那位老者只压了一小会儿眼睛。当他不慌不忙地拿开餐巾时，他的瞳孔极其温柔而又疲惫，在他擦掉之前——我看到了。我看到了眼泪。

我茫然地向肉靠过去。当我终于可以从我这张苍白面庞的深处面对这块肉时，我看到他也用双肘撑在桌子上，以手撑着头，向肉靠过去。的确，他已不能再忍受下去。两条浓密的眉毛紧蹙一处。严峻的激情之下，食物大概卡在了喉咙下方，因为当他可以继续时，他状甚恐怖地用了一下力，以便吞咽下去，并用餐巾擦拭了额头。我再也吃不下去了，盘中的肉是生的，我再也吃不下去了。然而他——他依然在吃。

服务生拿来了酒，放在冰桶中。我事无巨细地注意到了一切：酒瓶换了，服务生穿着燕尾服，光照在普鲁托①那颗硕大的头颅上，它正好奇地摇摆，贪馋而又专注。有一刻，服务生挡住了我的视线，我只能看到燕尾服黑色的翅膀，它正翩飞于桌上，在杯中斟满红酒，满眼热切地期待——因为这位小费肯定给得慷慨，毕竟是蹲

---

① 罗马神话中的冥王。

身于世界与权力中心的一位老者。变成伟人的老者信心满满地呷了一口，然后放下杯子，在口中苦涩地探究着味道。上唇碰着下唇，舌头不快地发出啧啧声，仿佛无法忍受美味。我在等待，服务生在等待，我们俩都倾泻于半空之中。终于，他做出一个称许的表情。服务生歪着头，绽放出感谢的光辉，他躬身离开，我欣慰地吁了一口气。

现在，在他那张巨大的口中，肉与红酒混杂在一起，假牙正重重地咀嚼，而我在一旁徒劳地窥视。没再发生什么。玻璃与刀叉烁烁发光，餐厅仿佛亮堂了一倍。大厅坚硬而炫目的王冠之下，众人的私语升高又平复，仿佛温和的潮汐。那个戴宽檐帽的女人，眼睛半开半闭地微笑，如此瘦削，如此美丽，服务生缓慢地将红酒注入杯中。然而，他做出了一个手势。

他做出一个思索的手势，以这只沉重而多毛的手，掌心里的脉络中刻下了命运。他竭尽所能地演出哑剧，而我，我却不懂。仿佛再也忍受不了，他将叉子扔在盘子上。老家伙，这一次你真的被逮住了。他大声地呼出了终结之气。然后，他拿起酒杯，合上双眼，在鼎沸的复活中，喝了下去。我的眼睛在冒火，火光高炽而顽强。恶心带来了气喘吁吁的迷醉，它攻陷了我。一切都仿佛巨大而危险。瘦女人越来越美，摇曳于灯红酒绿之中。

他吃完了。他的脸放空了表情。他闭上眼睛，伸长颌骨。我试图利用这一瞬间，他不再拥有自己面庞的这一刻，把他看清楚。然而并没有用。我正在观望的庞大面容陌生而庄严，残酷而盲目。因为老者那不同寻常的力量，我希望去直视的一切不存于这一刻。他不愿意。

甜点送了上来，是融化的奶霜，我惊讶于这堕落的选择。他吃得很慢，舀起一勺，看着黏稠的液体流淌。然而，他全吃了进去，做出一个鬼脸，他长大了，得到滋养了，推开了盘子。然后，这匹巨马已经不再饥饿，用手托着头。第一个清楚的指令出现了。吃孩子的老者在内心深处思考着。我面色苍白地看见他将餐巾纸拿到嘴边，我以为会听到一声叹息。在大厅中央，我们双双陷入沉默。也许他吃得太快了。因为，别看都吃成了这样，你却依然饿着，哼！我促狭、暴怒而又疲惫，使劲挑衅他。众目睽睽之下，他崩塌了。如今，他的线条垂落而癫狂，他的头无法自控地从一侧转向另一侧，再从另一侧转回来，他的嘴紧闭，眼睛合上，轻轻摇晃——这位家长内心深处在哭泣。怒火令我无法喘息。我看他摘下眼镜，又苍老了不少岁。他清点找零之时，牙齿上下磕着，下颌努起，这一瞬间，他向衰老的温柔缴械投降。我太过专心看他，竟没有看到他掏钱付账，也没看见他检查账单，更没注意服务生拿着找零回来。

终于，他摘下眼镜，磕着牙齿，擦擦眼镜，做出无用而又痛苦的怪相。一只粗壮的手拂过白发，用力地压平。他那双有力的手撑住桌子边沿，霍然站起。这样，摆脱了支撑之后，他看起来越发羸弱，尽管依然庞大，依然有能力击倒我们。我无能为力，他戴上帽子，揽镜平抚领带，穿过大厅的灯红酒绿，销声匿迹了。

但是我已然是一个男人。

当有人背叛我、杀害我，当有人永远离开我，当我失去我最好的一切，当我知道我会死去时，我就吃不下饭了。我还不是这种力量，这个建筑，这处废墟。我推开盘子，拒绝了肉与它的血。

珍　贵

（给玛法达）

清早，一件事获得了新生：醒来。它笨拙、延展、广袤。她广袤地睁开了双眼。

她十五岁，不好看。但是在她瘦弱的体内，有着几近雄壮的辽阔，她在其中盘桓，仿佛徜徉于冥想之中。那团迷雾之中，有珍贵的东西，未曾舒展，未曾妥协，未曾污染。她紧密得如同一枚珠宝。她。

她比所有人都醒得早，因为她去学校要先搭汽车再乘电车，差不多要用一个小时。这样她就有了一个小时。可以利落地做白日梦，仿佛犯罪。晨风凶猛地吹过窗子与她的脸，嘴唇变得僵硬、冰冷。然后她笑了。仿佛笑本身是一个目标。如果她有"谁都不看她"的运气，那么所有这一切都会发生。

拂晓时分，她起床了——她全然释放的广袤时刻已然过去——她匆匆穿衣，欺骗自己说没有时间洗澡，犹在梦乡的家人完全想不到她不怎么洗澡。就着餐厅的灯光，她一口吞下咖啡，是女佣在厨房里一边搔着痒，一边给她热的。面包上的黄油都没化开，她碰都没碰。口中保持着禁食的清新，胳膊下夹着书本，她终于打开了门，跨出家无趣的温吞，跃入清晨的冷冽。然后，她就再也不着急了。

她得穿过漫长而荒凉的街道，才能走到大路上。在路的尽头，一辆公交车会跌跌撞撞地从雾霭中浮出，车头上夜灯依然闪亮。六月的风里，她做出一个神秘、权威而完美的举动——举起胳膊，远处，哆哆嗦嗦的公交车开始扭曲，慑服于她肢体的傲慢，那代表着至高的权力，远处，汽车开始忐忑而笨拙，笨拙但前行，越来越具体，直到在她面前站定，一身烟尘与热气，一身热气与烟尘。然后，她登上汽车，一本正经，仿佛修女，因为车上的工人"会和她说话的"。那些男人已经不再是男孩。但是男孩她也害怕，连小孩她都怕。她怕他们"和她说话"，怕他们注视她太久。她那双唇紧闭的严肃是一个巨大的恳求：请尊重她。还不仅于此。仿佛她曾许下誓言，她必须得到尊重，而她的心却因害怕而怦怦直跳，她也自尊自爱，她，节奏的受托人。如果别人看她，她会僵硬、痛苦。她不必如此，因为那些男人并没有看她，尽管她身上有一些东西。随着十六岁在烟尘与热气中越来越近，她身上有些东西令人讶异万分——令一些男人讶异。仿佛什么人轻拍了他们的肩膀。可能是一个影子。地面上，没有男人，只有一个女孩巨大的影子，那是不确定的可结晶成分，构成了公众盛典的单调几何。仿佛什么人轻拍了他们的肩膀。他们看过去，却没有看到她。她投下更多的影子，远大于实际存在。

在车上，工人一片沉寂，就像他们手中的饭盒，脸上睡意犹存。她有些羞愧，因为不相信他们，而人家都累死了。但是直到忘记了他们，她才感到不舒服。因为他们"知道"。而她也知道，所以她才不舒服。所有人都知道。她爸爸也知道。乞讨的老人也知道。财富分配了，而沉默依然。

然后，她迈着士兵般的步履，毫发无伤地穿过了拉帕广场，那里已是白天。此时，战役已接近胜利。在电车上，如果一排座位完全空着，她会选择坐下，或者，如果她运气好，会坐在令人安心的女士旁边，比如怀里抱着衣袋的。这是第一轮休战。她依然要面对长长的走廊，那里，有同学站着聊天，那里，她的鞋跟发出巨响，而她紧张的双腿完全不能阻止，仿佛她想让心脏停止跳动，然而却终归徒劳，鞋子在自顾自地跳舞。一阵沉寂在男孩子中隐约降临，也许他们发现了，伪装之下的她是一个虔诚的信徒。她穿行于不断增长的同学侧翼，他们不知道该想些什么，也不知道该怎么评价她。鞋跟的声响很难听。木质的鞋跟敲破了她自己的秘密。倘若走廊更长一些，她会忘记目的地，以手掩耳，仓皇而逃。她只拥有结实的鞋子。仿佛在她出生时便被郑重地套上。她穿过无边的走廊，仿佛穿过战壕的静寂，在她的脸上，某种东西很凶猛，也很傲慢，因为她的影子——没有人和她说话。她不允许，她阻止他们思考。

她终于到达了教室。突然之间，那里，一切都变得无足轻重、更快更轻，那里，她的脸长着一些雀斑，头发垂到眼帘上，那里，她被当成一个男孩。那里，她很聪明。狡猾的职业。仿佛已经在家里学过了。好奇心教给她的远不止是答案。她在猜想，品味着英勇的痛楚在口中留下的柠檬香气，她在猜想，她那颗思索的头颅会在同学中引发着谜一般的厌恶。这个装模作样的女生越来越聪明了。她早就学会了思考。牺牲是必然的：这样才"没人有勇气"。

有时，老师讲话时，她，热切尖锐，雾气缭绕，在本子上画起对称的线条。如果一条本该坚固而又脆弱的线偏离了它理应置身的想象中的圆，一切都会轰然坍塌：她会心不在焉地集中精力，任由理想的热望牵引。有时，她不画线条，而是画星星，星星，星星，星星，那么多，那么高，以至于当她放下这个美工活儿时，她筋疲力尽，扬起了睡不醒的头颅。

回家的路太饿了，不耐烦和仇恨噬咬着她的心。回家的路仿佛在另一个城市：拉帕广场上，数百人饥火闪耀，仿佛已经忘记了饥饿，如果他们想起来了，会咬牙切齿。太阳用炭笔勾勒出每个人的轮廓。她的身影仿佛一根黑色的杆子。这个加倍小心的时刻，饥饿之下，丑陋加剧，保护了她，她的容颜变黑了，这是肾上腺素的作用，它能让遭猎杀的动物的肉变成黑色。家里空空荡荡，家人都工作在外，她冲着女佣大叫，而女佣连个回应都没有。她吃得像一只人头马。脸贴着盘子，头发几乎浸入食物里。

"瘦成这样，倒是能吃。"勤快的女佣说。

"去死！"她阴暗地大叫。

空荡荡的家里，她独自一人，只有女佣相陪，她不再需要像士兵那样走路，不再需要小心谨慎。但是她怀念路上的战斗。自由的忧伤，天际犹在远方。她早已心悦诚服于天际。但是她怀恋现时。它是隐忍的学徒，等待的誓言，也许她永远不能摆脱。下午无边无际，直到所有人都回家，她也欣慰地变成女儿时为止。很热，书本打开又合上，直觉，很热：她坐着，双手托腮，绝望。她记起，十岁时，一个喜欢她的男孩向她扔了一只死老鼠。真恶心！她吓得脸都白了，大喊起来。这是一次体验。她从来没有讲给别人听。她双手托腮，坐着。她说了十五遍：我很强，我很强，我很强。之后，她意识到自己只在意数数。她以量补偿，又说了一次：我很强，十六遍。现在她不再俯仰由人。她绝望，因为她很强，又自由，不再俯仰由人。她早已失去了信仰。她去找女佣聊天，她是古老的女祭司。她们认出了彼此。两人赤着脚，站在厨房里，炉中升起烟尘。她早已失去信仰，但是，她接近了恩典，只在女佣身上寻找她失去的，而不是她获得的。因此，她心不在焉，聊着天，却回避话题。"她该觉得，以我这个年龄，我应该懂得更多，所以她可以教给我什么。"她思考着，双手托腮，抵御着无知，仿佛抵御一具身体。她缺少成分，但是不想向忘记她的人索要。漫长的等待构成了她。在她的广袤之中，她在谋划。

就是这样，是的。漫长、疲惫、恼怒。但是第二天清晨，就像一只迟钝的鸵鸟张开翅膀，她会醒来。在同一种不可触摸的神秘中，她醒来，睁开双眼，她是那不可触摸的神秘中的公主。

仿佛工厂已经吹响哨子，她飞快地穿衣，一口吞进咖啡。然后打开家门。

然后，她不再着急了。街道的伟大献祭。伪装、警醒，犹如阿帕奇①女子。仪式粗暴的节奏的一部分。

这个早晨比以往更清冷，她缩在毛衣里，瑟瑟发抖。白色的雾霭遮掩了路的尽头。一切都变成了棉絮，甚至听不到公交车从大街上驶过的声音。她朝着路的不可预见走去。紧闭的大门后面，房子呼呼大睡。因为寒冷，花园变黑了。在黑暗的空中，而不是天上，道路的中央，有一颗星星。一颗尚未归家的星星，硕大，如冰，怯怯的，湿湿的，不成形状。它震惊于自己的晚归，在犹豫中膨胀成

---

① 美洲印第安人，以勇猛著称。

圆。她注视着近在咫尺的星星，独自一人走过轰炸后的城市。

不，她并非独自一人。她的双目因为不可置信而眯缝起来，看着路漫长的尽头，蒸汽升腾之中，她看到了两个男人。两个男孩正走过来。她环视左右，仿佛走错了路，或是走错了城市。但都不是——她搞错了时间：在星星回家与这两个男人有时间消失之前，她便走出了家门。她的心吓坏了。

面对错误，她第一个冲动是往回走，进入家门，等那两个男人过去："他们会往我这边看的，我知道，因为没别人可看，所以他们会使劲看我！"但她又怎么能转身逃跑？如果她是为逆境而生，如果她所有缓慢的准备拥有不为人知的命途，而出于虔诚，她必须接受。倘若她退缩，以后她将永远不能忘记躲在门后卑微等待的耻辱。

而且，也许并不会有危险。他们应该没胆子说话，因为她会嘴唇紧闭，以西班牙人的节奏，步履坚定地经过。

她迈开英勇无畏的双腿，继续向前走。她越走越近，而他们也越走越近，这样，所有人都越走越近，道路也越走越短。两个男孩的鞋跟声混合她自己的鞋跟声，很难听。但是也得听。鞋跟是空的，或者，人行道是空的。铺路石发出警醒。一切都是空的，她听到了，但无法阻止，包围的静寂在街区的道路之间传递。大门关得更紧了，她看到了，却无力阻止。就连星星也退缩了。黑暗焕然一新的苍白中，路奉献给了他们三个。她前行，倾听那两个男人，因为她不能看他们，也不需要认识他们。她倾听他们，惊异于自己前行的勇气。但那并不是勇气，那是天赋。那是朝向命运的强烈愿望。她向前走，因为顺从而苦楚。如果她能想想其他事，就听不到鞋跟的声响了。也听不到他们在说什么。更听不到擦肩而过时的静寂。

突然，她僵硬地看着他们。在她最不抱期待之时，她背叛了秘密的心愿，快速地瞥了他们一眼。他们在笑吗？不，他们很严肃。

她不该看的。因为，只要她看了，便有一瞬间会冒险成为个体，而他们也一样。似乎早有警示：如果是古典世界，如果她没有个性，她会成为神的女儿，被一切理所当然所庇护。但是，她看到了那令观看的双眼变小的一切，便承受着成为她自己的风险，而传统将不会再保护她。一瞬间，她完全犹豫了，迷失了方向。但是后退已经为时已晚。倘若能跑起来，倒是不算太晚。但是跑起来仿佛是自乱脚步，破坏一直支撑着她的节奏，这节奏是她唯一的护身符，她从世界的边缘获得，她在那里，只为孤身一人——在世界的边缘，所有的记忆均被消除，只留下这个护身符，仿佛不可理解的念想，这是她注定因袭的节奏，会一直奏响，直至世界的终结。那不是她。如果她跑起来，秩序会混乱的。而且，她永远不会谅解那件最糟糕的事：着急。而且，即便她仓皇而逃，依然会有人紧追不舍，这事所有人都知道。

她严肃、教条，缓慢地前行，一秒钟都不肯改变。"他们会向我这边看，我知道！"但是，出于旧日生活的本能，她试图不表现出恐惧。她想象着恐惧的释放。那将很迅速，毫无痛苦。瞬间他们将错身而过，快速、自然，因为她在行进，而他们也反向行进，从而将那一瞬间缩短为最基本的必需时间——七宗玄秘中的第一宗就此破解，玄秘如此秘而不宣，以至于对它们人们就只了解一点：数字7。让他们什么话都不说，让他们只想想，想这事我允许。会很快的，移位后的一秒，她一边向别的街道走去，一边惊异地宣布：几乎不疼。但是，接下来的事却从无解释。

接下来是四只艰难的手，这四只手不知道想要什么，这四只手错了，属于没有愿望的人，这四只手出人意料地触碰到她，她干出了一件在运动的世界中所能做出的最正确的事：她瘫痪了。他们既定的角色只是在她恐惧的黑暗之畔经过，七宗玄秘中的第一宗将就此破解；他们仅仅是那即将到来的脚步的结界，他们不懂得自己担负的责任，以害怕者的个体，发动了攻击。在静寂的路上，这不过是一瞬间。在这一瞬间，他们触碰了她，仿佛收纳着全部七宗玄秘。而她保存了所有，变得更为幼齿，后退了整整七年。

她没有看他们，因为她的脸平静地转向了虚无。

从他们伤害她的匆忙可见，他们比她还要害怕。因为太过恐惧，人都消失了。他们跑了。"他们害怕她呼喊，这样，房子的门会一扇一扇地打开。"她推理着，他们不知道她不会呼喊。

她站立着，以安静的疯狂倾听着他们跑远的鞋声。人行道是空的，或者鞋是空的，或者她自己是空的。在鞋的空洞中，她听出了那两个男孩的胆怯。声音响亮地敲在石板上，仿佛他们在敲门，而她期待他们放弃。石头的裸露上，响声如此清晰，那阵踢踏仿佛并未走远：他们的腿还在原地，就像胜利的踢踏舞。她站立着，没什么可以支撑，除了耳朵。

响声并没有衰弱，急促而越来越宝贵的鞋跟声将遥远传达给她。鞋跟不再在石头上回响，而是回荡在空中，仿佛越来越弱的响板。之后，她发觉已经有一段时间没有听到任何声音了。

这样，她被微风带回，四周只有静寂与一条空荡的街道。

那一刻之前，她一直安安静静，站在人行道中央。仿佛不动有若干个阶段，她一动不动。不久，她叹了一口气。然后，在新的阶段，她依然一动不动。之后，她摇了摇头，接着陷入更深的不动中。

接着，她慢慢退到一堵墙边，躬着身，非常非常慢，仿佛胳膊摔断了，最终靠在墙上，仿佛镌刻在上面。然后，她一动不动。她只在意不动弹，她恍惚地想，不动弹。过了一阵儿，也许她对自己说了这样的话：现在，慢慢地挪动你的腿。因为，她慢慢地挪动着腿。之后，她叹了一口气，停下来，看着。天还黑着。

之后，天亮了。

她慢慢地拾起撒落在地的书本。前面有一个摊开的本子。当她俯身捡起时，看到了圆润饱满的字迹，今天早上还属于她。

之后，她离开了。她不知道如何填满这时间，只能不断行走，因此迟到了两个多小时才到学校。因为她什么都没有想，所以并不知道时间流逝。等拉丁文老师出现时，她才惊讶地发觉课已经上到第三节了。

"你怎么了？"邻桌的女孩小声问。

"为什么这么问？"

"你脸都白了。生病了吗？"

"没有。"她响亮地回答，搞得好几个同学往她这边看。她站起来，大声说：

"报告！"

她去了洗手间。面对瓷砖的巨大寂静，她以超音速尖叫着：我在世上孤身一人！没有人帮我，没有人爱我！我在世上孤身一人！

坐在洗手间的长椅上，面对几个水池，她缺席了第三节课。"没关系，等会儿我抄笔记，我借别人的笔记本，拿回家里抄——我在世上孤身一人！"她戛然而停，握起拳头，在长椅上打了好几次。那四只鞋子的声音突然响起，仿佛细微而迅捷的雨。那是盲目的声音，反射不到光洁的瓷砖上。只有每一只鞋的脆响，从不会与另一只鞋的声音搞混。犹如掉落的核桃。她只能等待，就像等待别人停止敲门。接着，鞋跟声停了下来。

站在镜子前，头发全湿了，她太丑了。

她拥有得如此之少，而他们却触碰了她。

她如此丑陋，又如此珍贵。

她面色苍白，五官细巧了。那双手还沾着昨天的墨水，打湿了头发。"我需要更好地照顾自己。"她想。但她不知道该怎么做。事实上，她越来越不知道该怎么做。她皱着鼻子，仿佛兽头拱出栅栏。

她回到长椅上，静静地坐着，扬着兽头。"一个人什么都不是。""不，"她温和地反驳道，"别这样讲。"她既仁慈又悲伤地想。"一个人可以是什么。"她好心地想。

但是，晚饭时，一种须臾即发而又歇斯底里的感觉攻占了她的生命。

"我要买新鞋子！我的鞋噪音太大，女人不能穿木头鞋跟走路，太引人注意了！谁也不给我买！谁也不给我买！"她癫狂无状、声色俱厉，别人不敢直接告诉她不给她买。他们只能这样说：

"你还不是个女人，再说，所有的鞋跟都是木头的。"

仿佛一个人发胖了，她终于放弃了珍贵，因为不知道以何种方式成为。有一种隐秘的法则，规定蛋会得到保护，直到产下小鸡，亦即火鸟。

她得到了新鞋。

家庭纽带

女人和母亲终于坐上了开往火车站的出租车。母亲把两只箱子数了又数，说服自己两件都在。女儿静观着，她有一对黑眸，轻微的斜视令这双眼睛长久地闪烁着促狭而冷漠的光芒。

"我没忘记什么吧？"母亲问了第三次。

"是的，你什么都没忘。"女儿很有耐心，开心地回答。

她还没有从母亲与丈夫分别时那可笑的场景中回过神来。在老太太来访的两周里，两人都受不了。早上好下午好此起彼伏，极尽小心翼翼，简直让她笑死了。但是就在分别的这一刻，坐进出租车之前，母亲变成了模范岳母，丈夫也变成了五好女婿。"若是说了什么不中听的话，请不要在意。"老妇人说，而卡特琳娜却饶有兴味地看着安东尼奥拎着行李不知所措，连说话都结巴了——突然成了模范女婿，他实在惶恐极了。"如果我笑起来，他们一定会觉得我疯了。"卡特琳娜皱着眉头想。"娶媳妇等于赔了个人，嫁女儿等于赚了个人。"母亲接着说，安东尼奥恰好感冒了，赶快咳嗽了一下。卡特琳娜站着，坏坏地看着丈夫，他的安全感轰然坍塌，变成了一个又黑又小的男人，不得不成为那个头发花白的小老太太的儿子……她就更想笑了。好在她想笑时，从来不用真笑出来：她的眼神会变得狡猾而内敛，斜视也更严重一些——笑意从眼睛里发散出来。能笑起来总会有些痛苦。但她忍不住：她从小就会用眼睛笑，她一直斜着眼睛看。

"我还是要说，那孩子太瘦了。"车辆的颠簸中，母亲一边勉力支撑，一边说。尽管安东尼奥不在，她却依然使用面对他时那种挑衅与指责的语气。她说了太多次，一天晚上安东尼奥终于爆发了：不是我的错，塞维丽娜！他叫岳母为塞维丽娜，因为结婚前两人就约好了，要当一对现代的岳母和女婿。母亲第一次拜访新婚夫妇后，那一声塞维丽娜就再难从丈夫的口中说出，而现在，直呼名字也于事无补……卡特琳娜看着那两人，笑了。

"妈妈，那孩子一直很瘦。"她回答道。

出租车枯燥地前行。

"不但瘦，而且爱紧张。"老太太斩钉截铁地补充说。

"的确不但瘦，而且爱紧张。"卡特琳娜耐心地附和。

那孩子爱紧张，精力也不集中。外婆拜访的这段日子，他更自闭了，睡得也差，老太太过分关心他，爱亲昵地拧他的脸，把他弄懵了。安东尼奥从来不为孩子的敏感而焦虑的，也不得不暗示岳母，"保护下孩子"……

"我没忘记什么吧……"母亲又问了一次，这时，一个急刹车，两人东倒西歪，行李飞了出去。"啊！啊！"母亲大叫起来，仿佛遇上了无法获救的灾难，"啊！"她惊诧地晃着头，须臾之间，变得衰老而可怜。卡特琳娜呢？

卡特琳娜看着母亲，母亲也看着女儿，难道卡特琳娜也遭灾了？她的眼睛惊奇地眨着，迅速地安顿好行李与提包，试图尽快从灾难中自救。发生了一件事，隐藏着也没什么用：卡特琳娜向塞维丽娜倒去，这种身体上的亲密她已遗忘多时，仿佛还是父母双全时有过。尽管他们从未真正拥抱、亲吻。和父亲，确实有。卡特琳娜和父亲更亲密。每当母亲装满饭菜，强迫他们多吃时，他们俩就共谋一般地挤挤眼睛，而母亲从来没有发觉。但是，急刹车后，等她们都整理好了，却无话可说了——为什么还没到火车站呢？

"我没忘什么吧……"母亲听天由命地问。

卡特琳娜不想看她，也不想回答。

"拿着手套！"她从地上捡起手套，对母亲说。

"啊！啊！我的手套！"母亲惊慌地喊着。

当行李放上火车，彼此亲吻之后，她们才真正对视：车窗里出现了母亲的头。

卡特琳娜发现母亲变老了，而眼睛却很明亮。

火车还没开，两人等着，不知该说什么。母亲从提包里掏出镜子，照了照新帽子，是在女儿常光顾的帽子店里买的。她注视着自己，神情异常凝重，但并不缺乏自我欣赏。女儿饶有兴味地看着。没人爱你，除了我，女人双目带笑，想着；然而责任的重负令她的嘴里充溢着血的味道。仿佛"母与女"是生命与厌弃。不，不可以说她爱她的母亲。母亲令她痛苦，是的。老妇人将镜子收进提包，看着女儿，微笑。那张苍老而不失精明的容颜仿佛正努力给其他人留下深刻印象，而帽子居中助力甚多。车站的铃声遽然响起，一时慌乱大作，有人以为车已经开了，跑了起来。妈妈！女人在叫。卡特琳娜！老妇人在叫！两人惊恐地对视，挑夫头上的行李切断了她们的视线，一个奔跑的男孩偶然抓住卡特琳娜的胳膊，扯开了她的衣领。再次对视时，卡特琳娜又被逼进了窘境，要回答她是不是忘了什么……

"……我没忘记什么吧？"母亲问道。

仿佛连卡特琳娜都觉得她们忘了什么东西，两人惊恐地面面相觑——因为如果真忘了什么，现在也已经太晚。一个妇人扯着孩子，孩子大哭不已，车站的铃声又一次响起……妈妈，女人说。有什么忘记对另一个人说了呢？现在也已经太晚。她觉得她本该这样说：我是你的母亲，卡特琳娜。而她会这样回答：我是你的女儿。

"别吹着风！"卡特琳娜喊道。

"行了，我不是小孩子。"母亲说，她每时每刻都在关心自己的容颜。那只长了雀斑的手，有点颤颤巍巍，小心地按住帽檐。突然，卡特琳娜想问她，和父亲在一起，她到底幸福不幸福：

"记得把礼物给姨妈！"她喊道。

"好的，好的！"

"妈妈！"卡特琳娜喊了起来，因为一声悠长的哨音响起，烟尘之中，火车的轮子移动了。

"卡特琳娜！"老妇人张着嘴，眼里全是惊讶，火车颠了一下，卡特琳娜看到老妇人扶着帽子，它掉到了鼻子下面，只能看见全新的假牙。火车开走了，卡特琳娜不断挥手。母亲的脸消失了一瞬，再出现时不见了帽子，褪色的染发一缕缕垂在肩上，仿佛贵族少女的发式——她的脸伸出来，却没有笑容，即便这样，也许依然看不清远方的女儿。

烟尘之中，卡特琳娜开始往回走，她眉头紧蹙，眼睛坏坏地斜视着。母亲不在身边，她恢复了坚定的走姿：一个人时，更容易这样。有些男人在看她，她很甜美，身材有点丰满。她面色平静，衣着时髦，头发染成棕红色。于她，痛苦的爱仿佛是一种幸福，一切事皆是如此——周围的一切如此鲜活如此温柔，肮脏的街道，废旧的电车，扔了的橘子皮——一股沉重而丰富的力量在她的心里上下翻涌。此刻，她非常美丽，极尽优雅，融进了她出生的时代与城市，仿佛是她的选择。从那双斜视的眼眸中，每个人都能看出她对世间万物的爱。她执着地窥视众人，在那些移动的人影上，钉上那为母亲而流的眼泪里的湿润快乐。她躲过汽车，避开排队，走近公车站，讥讽地窥视四周；这个小巧的女人扭着屁股，又登上一级生命中的神秘台阶，一切都不能阻止。

海滩的炎热中，电梯轰轰隆隆。她打开公寓的门，另一只手摘下了帽子，仿佛准备享受全部世界的广阔，母亲开出的路在她胸前熊熊燃烧。安东尼奥甚至没从书里抬起眼。从前，周六的下午一向是"他"的，塞维丽娜走后，他开心地坐在写字台前，收回了失地。

"'她'走了？"

"走了。"卡特琳娜边推开儿子房间的门，边回答。啊！还好，孩子在屋里，她突然感到欣慰。她的儿子，瘦弱而紧张。从能下地那天起，便坚定地行走；但都四岁了，说话还不会用动词。他冷漠地辨认事物，却无法联系在一起。在屋里，他摆弄着湿毛巾，确实而又疏远。女人觉得很热，此刻，她想永远禁锢儿子；她嗔怪地抢走他手上的毛巾：这孩子真的是的！但是，孩子却冷漠地望着天，只和自己交流。他总是心不在焉。没人能让他真的集中注意力。母亲在空中挥动毛巾，身体阻挡了他的视线：妈妈，孩子说。卡特琳娜瞬时回头。这是他第一次用这种语气叫"妈妈"，而不要求任何东西。这不仅仅是辨认：妈妈！女人继续激烈地挥动着毛巾，自问可以向谁倾诉这发生的一切，但她找不到人，能理解连她自己都不能解释的事。她大力抖平毛巾，之后挂起晾干。如果她改变方式，也许可以讲述。她可以这样讲，孩子说：妈妈，上帝是谁？不，也许是：妈妈，孩子爱上帝。也许。也许，真实只能容身于象征之中，只有在象征中，人们才接受她。她眼睛在笑，笑她不得不撒的谎，更笑她自己的愚蠢。逃离塞维丽娜之后，面对儿子，女人出人意料地真笑了，而不是只用眼睛笑：她的身躯整个笑崩了，外壳碎裂了，粗糙于嘶哑笑声中显现。真丑，孩子审视着她，这样说。

"我们出去玩儿！"她红着脸回复，拉住他的手。

她穿过客厅，脚步不停，知会丈夫：我们出去了！然后，撞响了公寓的门。

安东尼奥几乎没有时间从书上抬起眼皮——他惊奇地发现客厅里空空荡荡。卡特琳娜！他叫她，却听到了电梯下降的声音。他们去哪儿？他问自己，不安地咳嗽，并清着鼻子。因为周六是属于他的，但他希望在他过他的周六时，妻子和孩子待在家里。卡特琳娜！他烦躁地喊着，尽管他知道她根本听不到。他站起来，走到窗边，瞬间看到妻子和儿子正走在人行道上。

为什么她紧紧握住孩子的手，走得那么用力？透过窗户，他看到妻子紧紧拽着孩子的手，大步疾走，眼睛直视前方。而且，即便看不到，男人也能想象得到她嘴唇的坚毅。而孩子，以谁也不懂的隐秘理解，也目视着前方，惊讶而又天真。从上面看，两个人失去了熟悉的模样，仿佛平放在土地上，海上的光照得他们变黑了。孩子的头发在飞舞……

丈夫再一次问自己，尽管有日常语言的纯真作为遮掩，但这个问题依然令他心惊肉跳：他们去哪儿了？他焦急地看着妻子牵着孩子，害怕这一时刻，当两人都处于他视野之外时，妻子会对儿子……但又能做什么呢？"卡特琳娜，"他想，"卡特琳娜，孩子是无辜的！"母亲紧抓住孩子时，便是给孩子一座爱的监牢，永远圈禁那个未来的男人。以后，他的儿子长大成人，会孤身一人，站在同一扇窗户前，手指敲击着窗玻璃；囚徒。他被迫回答一个死人。谁也不知道在什么时候，以怎样阴暗的快乐，母亲把遗产传给了儿子。现在，在彼此分享的神秘中，母与子互相理解。之后，不会有人知晓，是怎样的黑色根须滋养了一个人的自由。"卡特琳娜，"他暴怒地想，"孩子是无辜的！"他们消失于沙滩上。彼此分享的神秘。

"但是，我呢？我呢？"他惊惧地问。那两人自顾自走了。留下他一个人。"过他的周六。"还有他的感冒。整洁的公寓里，"一切都好极了"。也许，妻子带着儿子离开，正是为了逃脱这间光线充足的客厅，逃脱精心挑选的家具，逃脱窗帘，逃脱墙画？而这正是他给予的一切。一位工程师的公寓。他知道，如果妻子安享年轻而有前途的丈夫带来的一切，他也会鄙视她，眼里却不露形迹，带着瘦弱而紧张的儿子逃走。男人感到心惊肉跳。因为他什么都不能给她，除了更多的成功。因为他知道她可以助他获得成功，但她憎恶他们取得的一切。这就是这位三十二岁的平静女人，她从未真正说过话，仿佛永远活着。两人之间太过岁月静好。有时，他试图羞辱她，便趁她换衣服时进屋，因为他知道她憎恶光着身子被人看到。为什么需要侮辱她？其实，他非常清楚，唯有拥有骄傲，她才会属于一个男人。但他习惯了以这种方式逼她阴柔：他温柔地羞辱她，她却马上展颜微笑——真没有怨恨吗？也许，正因为此，他们可以柔声细语、和平相处，为孩子创造家的温馨。或者，有时孩子也会愤愤不已？有时，孩子会暴怒，跺脚，在噩梦中尖叫。从哪里可以生得出这样有劲儿的小家伙呢？只能是从他和妻子与日常的切断之中。岁月如此静好，当某一快乐时刻来临，他们竟几近嘲弄地快速对视，两人的眼里都在说：我们不能白费它，我们不能虚掷它。仿佛他们永远活着。

但是，他透过窗户，看见她牵着儿子的手急促前行，不禁自言自语：她正在享受欢乐时光——独自一人。他深感挫败，因为很久以来，他已无法独自生活，只能同她一起。而她却享受着自己的时光——独自一人。比如，从火车站到公寓的路上，她都做了什么？

他并不怀疑她，只是很不安。

下午的最后一缕光沉重无比，庄严地砸在物体上。沙子干裂得噼啪作响。白日笼罩在辐射的威胁下。因为，此刻，尽管尚未爆炸，却越来越响，一刻不停的电梯轰轰隆隆。等卡特琳娜回家后，他们会一边吃晚饭，一边驱赶蛾子。孩子一困就会大喊大叫。卡特琳娜会暂停吃饭……而电梯却连一刻都不停吗？是的，电梯连一刻都不停。

"等吃完了饭，我们去看电影。"男人决定了。因为看完电影，黑夜才终于降临，海浪冲撞阿波多尔的礁石，这一天破碎了。

财富的开始

　　那一个上午仿佛悬浮于空中，它更近似于我们对时间的理念。阳台门开着，然而凉意却在外面结了冰，花园中什么都进不来，仿佛任何越界都会破坏和谐。只有几只闪闪发光的苍蝇飞入餐厅，在糖罐上盘旋。此刻，蒂茹卡还没有全然醒来。"要是我有钱的话……"阿尔托思考着，安安生生搞到钱的欲望令他的脸庞现出超然而凝思的表情。

　　"我又不去赌。"

　　"别说傻话，"母亲回复道，"不要再谈钱了。"

　　其实，他并不想开启任何导致问题解决的对话。昨天晚饭时，他有点屈辱，关于他的零花钱，父亲一言堂，但是表示理解，母亲表示理解，但是有原则——然而，这点屈辱要求他继续努力。只是再也找不到昨日的迫切。每一个夜晚，睡意仿佛满足了他的需求。然而一早醒来，别的成年人面色晦暗胡子丛生，而他却越来越像黄口小儿。他也披头散发，但是和父亲的乱糟糟完全不一样，那种一看就觉得晚上发生了什么。他的母亲也衣衫不整、睡眼惺忪地从卧房中走出，仿佛睡意的苦涩令她心满意足。早饭之前，所有人都怒气冲冲、沉吟不语，就连女佣也是如此。这可不是要钱的好时候。但是，对他来说，建立早晨的统治是一种平和的需要：每次他醒来，都仿佛需要恢复之前的日子。每天晚上，太多的困倦斩断了他所有的牵绊。

"我不赌钱，我也不浪费。"

"阿尔托！"母亲气坏了，"我都要烦死了！"

"烦什么？"阿尔托好奇地问。

母亲冷漠地看着他，仿佛在看一个陌生人。然而，比起父亲，他更像是亲人。父亲，可以这么说吧，算加入了家庭。她噘起了嘴。

"我的儿子，所有人都有烦恼。"她自我纠错，进入了新的关系模式，介于母亲与教育者之间。

此刻，母亲掌握了一天。醒来时的个性消失殆尽，阿托尔现在可以指望她了。一直以来，他们一时接纳他，一时又让他孤身一人。小时候，他们逗他玩儿，把他举高高，使劲亲他，突然，他们变身为"个人"，抛下了他，柔声细语，却又不可侵犯："现在都结束了。"而他，还因爱意而精神烁烁，还有太多的大笑没有出口。他频频暗示，用脚踢着父母，满满怒气，然而，就在那一刻，怒意变成了欣悦，纯粹的欣悦，如果他们希望的只是这个。

"吃饭，阿尔托。"母亲斩钉截铁，他又一次可以指望她了。这样，他立即变小了，更任性了。

"我也有烦恼，但都没人理我。每次我说我需要钱，都搞得就好像我要去赌钱或喝酒！"

"所以，你承认你可能去赌钱或是喝酒喽？"父亲走进房间，向桌子尽头走去。哎呀呀！真装模作样！

他没算到父亲会来，不禁方寸大乱。然而他也习惯了，开始说：

"但是，爸爸！"在一场尚且算不得愤怒的反叛中，他的声音走调了。就像砝码一般，一切尽在母亲的掌握中，她平静地把牛奶倒进咖啡里，对这番对话无动于衷，仿佛不过是几只苍蝇。她轻轻挥手，赶走糖罐上的苍蝇。

"是时候了，你出门吧。"父亲打断了他。阿托尔转头看向母亲。但是她正往面包上抹黄油，专注而开心。她再次逃走了。她对一切都说"是"，但根本不在意。

他关上门，又一次感觉到，每分每秒，他们都想把他赶进生活。道路看起来在迎接他。"等我有了老婆孩子，我会在这里按门铃，再进去探访，到时就一切不同了。"他这样想。

房子外面的生活全然不同。光线不同——仿佛只有出了门，他才知道真实的天气与周遭一夜的变幻——除去光线之外，行为方式也不同了。小时候，母亲常说："他不在家时是个小可爱，在家时是个大魔头。"此刻，穿过小门，他看起来更年轻了，但同时也更不像小孩了，更敏感，更沉默寡言，但对一切都保持着温和的兴趣。他不是爱找话题的人，但是如果有人问他，就像此刻："孩子，教堂在哪边？"他整个人会微微振奋，向下抻着长脖子，因为所有人都比他矮；然后兴致勃勃告知，仿佛这是热情的交换与朝向好奇的田野。他专注地看着那位女士转过街角，向教堂走去，耐心地为她的路线负责。

"但是钱就是用来花的，而你也知道怎么花。"卡里诺硬邦邦地说。

"我想买东西。"他含糊地回答。

"自行车吗？"卡里诺挑衅地笑，恶作剧让他脸色泛红。

阿尔托不快地笑了，他一点儿也不开心。

他坐在椅子上，等着老师站起来。老师清清嗓子，拉开了上课的序幕，这是习以为常的信号，学生一听就会向后坐去，专注地张大眼睛，什么都不能想。"没想什么。"当老师气呼呼地质问阿尔托时，他给出了这样惶惑的回答。"没想什么"就是说，他恍恍惚惚地想着之前的谈话，想着看不看下午的电影，想着——想着钱。他需要钱。但是整堂课，他被迫一动不动，所以不能承担责任，因为休息是产生欲望的基石。

"你没看出来，格洛丽妮娅想让人请她看电影吗？"卡里诺说，两人好奇地看着那女孩拿着书包慢慢远走。阿托尔若有所思，看着地上的石头，和朋友继续往前走。

"如果你没有钱买两张票，我可以借你，你以后再还。"

反正，他要是有了钱，肯定得用在一千件事上。

"但是，以后我还得还你钱，而我现在已经欠安东尼奥哥哥的钱了。"他躲躲闪闪地回答。

"所以呢？你到底想怎样！"另外一个人实际而又热切地问。

"所以，"他有点生气地想，"所以，一旦有钱，什么人都想过来花，钱就是这样没的。"

"反正，"他疏导着朋友的情绪，说，"反正你有点钱，女人就会闻到，然后扑上来。"

两个人笑了。他快乐了一些，也更有信心了。特别是，不太觉得环境压抑了。

但是，之后便是中午，欲望变得更焦灼、更不堪忍受。他苦苦思索，到底该不该欠钱，感觉自己已经崩溃了。

"要么就是学习太累了，要么就是早上没吃饱。"母亲说。他早上醒时挺精神的，可到吃午饭时却脸色苍白。之后，他面目僵硬，这是第一个信号。

"没什么，日常耗损而已。"父亲好脾气地说。

出门之前，他看着走廊镜子中的自己，那张脸真的属于劳作的少年，疲惫，但年轻。他笑了，但没有扬起嘴角，那是眼底的心满意足。但是，在电影院门口，他禁不住向卡里诺借了钱，因为格洛丽妮娅和一个女朋友正站在那儿。

"你们想坐前面还是中间？"格洛丽妮娅问。

面对这个场面，卡里诺为她女朋友买了票，而阿尔托躲躲藏藏地收下了格洛丽妮娅的票钱。

"电影显然是要砸了。"卡里诺逮住机会说。刚说完他就后悔了，因为阿尔托都没听，光顾紧张格洛丽妮娅了。反正卡里诺觉得来看电影就是为了泡妞，在他眼里没有形象也不算什么。

实际上，电影只是开头砸了。之后，他便放松身体，忘记了身边的人，开始看电影。只是看到中间，他突然想起了格洛丽妮娅，一个激灵，偷偷摸摸地看她。他稍微有些惊讶，发现她并不是他以为的那样寻找他。格洛丽妮娅向前倾斜，嘴巴张开，非常专注。他松了口气，重新靠在了扶手椅上。

然而，之后，他开始问自己：她到底找没找过我呢？他如此焦虑，竟神情惊惧地在橱窗前停下。他的心狂跳，缩紧成拳头。浮在橱窗玻璃上的，除了那张惊恐的脸，还有锅碗瓢盆等厨房用具，他略带熟稔地看着。"反正我去了。"他这样下了结论，无法迁怒于格洛丽妮娅那毫无过错的侧颜。稍后，姑娘的无辜反而成了她最大的过错："难道她开始在找我，在找我，之后才心满意足地看电影?"他的眼睛蓄满泪水。"忘恩负义。"他挑选了一个不恰当的词指责她。这个词象征着怨气，而不是愤怒，他因此疑惑了一会儿，怒气慢慢消退了。现在，他由外及内，毫无兴致，他觉得，既是这样，她应该自己买电影票。

但是，面对合着的书本，他的脸多云转晴了。

门开来开去，邻居在弹钢琴，母亲在讲电话，这些声音，他已统统听不到。他的房间一片寂然，仿佛保险箱。下午已近结束，犹如清晨一般。他很遥远，很遥远，仿佛一个巨人，虽然身在屋外，手却在屋里专注地转着铅笔。有时，他的呼吸沉重，就像一个老人。然而，大部分时间里，屋里的空气并没有吹拂他的脸庞。

"我已经学完了!"他冲着母亲喊，因为她询问为什么有水声。他在浴缸里小心翼翼地洗脚，觉得格洛丽妮娅的女朋友更好。他没注意卡里诺是不是泡上了她。他想着这事，突然从浴缸里出来，站在水池带的镜子前。直到地砖让他湿漉漉的双脚感到沁凉。

不! 他不想告诉卡里诺，没人会教他怎么花钱，卡里诺还以为他会买自行车，但他如果真有钱呢? 如果他完全不想花钱呢? 如果他越来越有钱呢? 什么啊! 你想打一架吗? 所以你觉得……

"你尽可以胡思乱想，"母亲打断了他，"但至少先吃了晚饭，时不时地吱一声。"

这样，他突然回到了父母的家。

"您一会儿说在饭桌上不能说话，一会儿又让我说话，一会儿又说嘴里有东西时不能说话，一会儿……"

"你和你妈妈怎么说话呢？"父亲并无严厉地说。

"爸爸，"阿尔托皱着眉头，乖巧地叫他，"爸爸，什么叫期票？"

"反正，"父亲高兴地说，"反正中学没什么用。"

"阿尔托，多吃点土豆。"母亲徒劳地试图拉回那两个男人。

"期票啊，"父亲一推盘子，说，"是这样的：你先得欠别人钱。"

圣克里斯托旺①奇事

　　五月的一个夜晚，风信子僵硬地贴在窗玻璃上，有一个家庭，饭厅里灯火通明，静寂无比。

　　在那静止不动的瞬间，围坐在餐桌上的有父亲、母亲、祖母、三个孩子，还有一位十九岁的瘦弱少女。圣克里斯托旺的芳香气息并不危险，然而，在一个五月的凉爽夜晚，这些人这样齐聚在室内，让并非家庭内部的一切变得危险无比。聚会没什么特殊的：吃完了饭，围着桌子聊天，蚊子绕着灯打转儿。晚餐无比丰盛，每个人的面庞都绽开笑意，这是因为，经过很多年，终于可以看到整个家族的进步：一个五月的夜晚，吃完了晚饭，孩子们每日去上学，父亲处理生意，母亲多年忙于生产与家务，少女在微妙的年龄辛苦维持着平衡，而祖母到达了某种境界。不知不觉中，全家人在饭厅中幸福地对视，守候着这难得的五月时光与它的繁盛。

---

　　① 里约热内卢街区，位于城市中心。

之后，大家各回各房。老太太躺了下去，仁慈地呻吟着。父亲和母亲关上所有房门，心事重重地躺下，进入了梦乡。三个孩子选择了最艰难的姿势，睡在三张床上，仿佛三个梯形。少女穿上棉质睡衣，打开房间窗户，深深吸入花园的气息，不满足，而又幸福。潮湿的芬芳令她不安，她去睡了，向自己保证，明天要有全新的面貌，它会撼动风信子，让果实在枝头颤抖。在冥想中，她睡熟了。

几个小时过去了。寂静在萤火虫上眨着眼——孩子们被睡意紧紧拴住，祖母在玩味一个艰难的梦，父母筋疲力尽，少女在冥想中沉睡——街角的房子开了门，走出三个戴面具的人。

其中一个很高，脑袋戴着公鸡面具。另一个人很胖，穿成一只公牛。还有一个人，最年轻那个，因为实在没想法，就扮成古代的骑士，套了一个魔鬼面具，只露出一双纯洁的眼睛。三个人蒙着面，静悄悄地穿过街道。

经过这栋漆黑一团的房子时，那个戴公鸡面具的，也是整个团伙中出主意的，突然站住了，说：

"看啊！"

因为面具的折磨，同伴们无比耐心，他们看了过去，看到了一栋房子与一处花园。他们感到无比有型，又无比凄惨，只能等着另一个人想完。终于，公鸡接着说：

"我们可以去摘风信子。"

110

另外两个人没有回答。他们趁着耽搁，痛苦地对视，希望找到一个法子，能更顺畅地在面具里呼吸。

"每人一朵风信子，化装舞会上戴起来。"公鸡下了决心。

一想到舞会上又多了一件饰品需要保护，公鸡便不安且激动。那一瞬间，三个人仿佛在思考解决方案，但根本什么都没思考，之后，公鸡在前，灵巧地爬上栏杆，踏入花园的禁地。公牛艰难地跟随在后。第三个人，尽管犹豫不决，但一下子就跳进了风信子中间，发出一声闷响，吓得三个人只能苦等：公鸡、公牛和骑士屏住呼吸，在黑暗中窥视。然而，黑暗与蛤蟆之间，这栋房子岿然不动。馥郁得令人窒息的花园里，风信子毫发无损地摇摆。

然后，公鸡向前推进。他本可以摘下手旁的那朵风信子。然而，更大的风信子生长在一扇窗户旁，它们高挺、坚硬、纤弱，闪闪发光，召唤着他。公鸡踮着脚前行，公牛和骑士紧紧跟随。寂静在监视他们。

然而，就在他要折下最大的那朵风信子时，公鸡中断了动作，整个人冻僵了。另外两个人停了下来，发出一声令他们溺于睡意的叹息。

窗户黑黢黢的玻璃后面，一张苍白的脸在看着他们。

公鸡停在摘风信子这个动作上。公牛举起的手放不下来。骑士头套之下面无血色，竟返老还童，直至重遇幼稚与害怕。窗户后的脸在看着。

四个人完全不知道谁在惩罚谁。黑暗之中，风信子越发苍白。他们无法动弹，彼此窥视。

五月的夜晚，四只面具纯然的相接仿佛激起了空洞的回响，接着更多，更多，倘若没有花园的这一刻，它们将永远保留在馨香之中，那是留存于空气与那四种固有天性之中的馨香，偶然指定了他们，同时指定了时间与地点——如流星般宝贵的偶然。这四个人从真实而来，却堕入圣克里斯托旺五月的一个夜晚所拥有的可能性之中。每一丛湿漉漉的植物，每一个鹅卵石，呱呱叫的蛤蟆利用这无声的混乱凸显着自己的重要——黑暗中的一切都是缄默的相接。陷入埋伏之后，他们惊恐地看着对方：事物的本质一跃而出，四个人张开翅膀，彼此窥探。一只公鸡，一头公牛，一个魔鬼，一张少女的脸，释放了花园的神奇……此时，五月那巨大的月亮升起来了。

对于这四个人，这是一个危险的号角。因为太过危险，四条视线一声不吭，默默后退，但依然彼此相望，仿佛担心如果目光不再牵绊，远方的新领地会遭遇创伤，而无言的撤退之后，留下来的只有风信子——花园财富的新主人。哪一个幽灵都没有看到对方消失，因为所有人同时撤退，慢慢地，踮着脚尖。然而，就在四人的魔圈刚刚打破，彼此取消监视之时，这个星座在惊骇中解体：三个身影如猫一般越过花园栅栏，另一个人影，汗毛竖立，身形变大，退着爬到门口，发出一声尖叫，跑了出去。

因为公鸡出的鬼主意，虽说还不到狂欢节，这三位面具侠本想在舞会上大出风头，舞会已经开始，他们半道出现确实引起了轰动。音乐戛然而止，舞者依然胶着，一阵大笑之中，三个人戴着面具，气喘吁吁地站定，仿佛是门口的流浪汉。几番尝试后，客人们最终放弃了将他们加冕为舞会国王的念头，因为他们三个吓坏了，所以绝不分开：一高一胖一少，一胖一少一高，不和谐，却团结，三张无言的面孔，躲藏在面具下，自主地摇摆。

此时此刻，风信子宅院里灯火通明。少女坐在客厅里。祖母披散着白发，端着水杯，母亲抚摸着女儿的黑发，而父亲正在房子里搜寻。少女完全不知道该怎么说，仿佛在喊叫中说出了一切。她的脸明显变小了——她这年纪的所有艰辛建造全然崩塌，她再一次成了小姑娘。但在这张回春了一个时代的脸上，乌发之间，一根白发赫然出现在前额，家里人全都吓了一跳。因为她一直向花园看去，他们便让她坐着休息，而他们手拿烛台，仅着睡衣，瑟瑟发抖地前往花园探查。

很快，烛火舞动，弥漫于黑暗之中。突然照亮的常春藤遽然收缩，蛤蟆闪闪发光，在两脚间跳来跳去，树叶之间，果实一瞬间金光熠熠。花园从睡梦中惊醒，时而变大，时而隐没不见，蝴蝶无眠无休地飞翔。最终，还是老太太对花坛了如指掌，指出了这藏着掖着的花园里唯一可见的信息：一枝风信子，虽然折断了，但是还活着……所以真的有事发生了。他们回到屋子里，打开所有的灯，等待着，度过了余下的夜晚。

唯有那三个孩子，简直睡得更香了。

过不多久，女孩回复了真实的年龄。只有她不一直看来看去。而其他人，什么都没看到，却警觉不安起来。由于这个家庭的进步是许多小心翼翼与许多谎言的脆弱产物，一切既已解体，不得不从头再来：祖母又准备好了发火，父亲母亲疲惫无比，孩子们不可忍受，整栋房子仿佛在等待着晚饭之后有微风丰盛地吹过。也许会发生在另一个五月的夜晚。

数学老师的罪行

当男人登临小山的最高处，钟声恰在下方的城市里悠荡。只看得到房子不规则的屋顶。他身旁是山顶那棵孤零零的树。男人站立着，手里拿着一个沉重的袋子。

他以近视的双眼看着下方。天主教徒缓慢而微小地进入教堂，他试图听到广场上孩子们零落的声音。但是，尽管这是澄澈的清晨，声响依然难以传到山丘上。从上方看得到河，仿佛静止不动，他想：是星期日。他看到了远方更高的山，干涩的斜面裸露着。天不冷，但他整理了一下大衣，这样更暖和一些。终于，他把袋子小心地放在地上。他摘下眼镜，也许是为了更好地呼吸，因为把眼镜拿在手里，他呼吸得更深了。阳光照在镜片上，射出尖锐的信号。没有了眼镜，他的双眼更清澈地眨着，几近年轻人，很不寻常。他又戴上了眼镜，这下变成了中年男子，接着又一次拿起袋子。简直跟石头一样重，他想。他努力地看，希望捕捉到河水的流动，他倾着脑袋，希望听到一些声响：河水岿然不动，只有某个嗓音中最尖锐的一声一瞬间曾抵达这个高度——是的，他孤独一人。他不适应凉爽的空气，毕竟曾在更炎热的城市里住过。孤零零的树在山顶摇晃着枝丫。他看着它。他在消磨时间。直到他觉得再没有理由等下去了。

不过他依然等待着。眼镜应该让他感到不适，因为他再一次摘掉眼镜，深吸一口气，把眼镜放进兜里。

然后，他打开袋子，窥探了一会儿。接着把瘦削的手伸进去，慢慢拉出一条死狗。他整个人全神贯注在那只无比重要的手上，当它慢慢拉动时，他的眼睛一直紧紧地闭着。当他睁开双眼，空气更明澈了，快乐的钟声又一次敲响，召唤信徒来安慰这种惩罚。

这条不知名姓的狗袒露在阳光下。

然后，他开始有条不紊地工作。他拿起这条僵硬的黑狗，把它放在土地的凹处。但是，仿佛已经干了很多活儿一般，他戴上眼镜，坐在死狗旁边，开始观看风景。

他看到了荒凉的山顶，清晰但又有些无用。不过，他精确地观察到，坐在地上，就看不到下方的城市了。他又一次吸气，再次将手伸到袋子里，掏出一个铲子。然后，他考虑着选什么地方。也许树底下合适。他竟想在树下埋了这条狗，这让他有点吃惊。不过，如果是另一条，那条真正的狗，他会把它葬在他自己希望的埋骨之地：就在这山顶平地的中央，用空洞的双眼直面太阳。这样，既然这条陌生的狗已然代替了"另一条"狗，为了让行为几近完美，他希望它得到另一条狗会得到的一切。男人的头脑中没有一丝混乱。他冷静地理解了自己，没有一丝怀疑。

不久，由于太过踌躇，他忙碌不堪，希望严格地确定何处是山顶的中心。这并不容易，因为那棵孤树长在一侧，成了一个虚假的中心，把高台分成不对称的两部分。面对如此困境，男人放弃了："不必埋在中心。若是另一条，我也会把它葬在我的脚下。"因为这是赋予事件偶然的宿命，给事件打上外在与明显的标记——类似广场上的孩子与走入教堂的天主徒——意味着将事实公布在天空之下与世界的表面，众人皆可看见。这是自我暴露与暴露一桩事实，这是不允许他的思想藏于内心，自认无罪。

一生出把这条狗安葬在他脚下的想法，男人便灵巧地后退了，他弱小但又异乎寻常沉重的身躯本不该拥有这种轻盈。因为他觉得脚下已经画出了墓穴的轮廓。

因此，就在那儿，他开始用铲子有节奏地挖掘。有时，他会停下，摘下眼镜又戴上。他流了很多汗。他没有挖得很深，但这并不是因为他想节省气力。他没有挖得很深，因为他神志清醒地想："如果是那条真狗，我也会挖得很浅，把它葬在表层。"他觉得埋在土地表面的狗不会失去感觉。

终于他抛下铲子，小心翼翼地抓起那条狗，把它安放在墓穴中。

这条狗有一张奇怪的脸。那时在一个角落，他骇然发现了这条死狗，便生出了埋葬它的想法，为此，他的心感到沉重而又惊异，甚至不能看这张僵硬的结着涎水的脸。这是一条奇怪而又客观的狗。

狗比挖的坑高一些，覆土之后的凸起只有在高台上才能感觉得到。这正是他所希望的。他把土盖在上面，用手抚平，仔细而又快乐地感受着手掌中它的形状，仿佛数次抚摸它。现在，这狗只是土地的表征了。

然后男人起身，抖掉手上的土，再也不曾望向坟墓。他几分快慰地想：我觉得我做了一切。他发出了一声深深的叹息，接着如释重负一般无辜地笑了。是的，他做了一切。他的罪行受到了惩罚，现在他自由了。

现在他可以自由地想起那条真狗了。他立即开始想起那条真狗，在这之前，他一直躲避此事。那条真狗现在应该茫然无措地在另一个城市的街巷里游荡，它嗅闻着那个城市，那里它再也没有主人。

这样他开始艰难地想起那条真狗，就像他试着艰难地想起他真正的生活一样。那条狗远在另一个城市，这一事实使得任务越发困难，尽管思念令他接近了回忆。

"我用我的形象塑造了你，你也用你的形象造就了我，"在思念的襄助下，他想了起来，"我给你取名若泽，希望给你取一个有灵魂的名字。而你，我怎么知道你给我取的名字？比起我爱你，你爱我爱得更深。"他满是好奇地思考着。

"我们对彼此了解得太多。你，我为你取了名字；我，你为我也取了名字，你从不曾说出，只用你执着的双眼注视。"男人思考着，温柔地笑着，他现在很自由，可以尽情回忆。

"我还记得你小时候，"他饶有兴致地回想，"那么小，那么可爱，那么脆弱，你摇着尾巴，看着我。在你身上，我意外地找到了一种拥有灵魂的全新方式。但是，从那一刻起，在每一天，你都开始变成一条可能会被抛弃的小狗。而同时，因为太多的理解，我们之间的玩闹也危机四伏。"男人心满意足地回忆着："你咬咬我，蹭蹭我，我笑着把一本书扔向你，但是谁又知道我那不情不愿的笑容到底意味着什么。每一天，你都是一条可以被抛弃的狗。"

"你闻起路上的东西来多起劲儿啊！"男人稍稍笑了下，"你从不放过一块石头……这是你童稚的一面？还是作为一条狗在真正打招呼？难道其余不过是在和我玩儿？因为你不屈不挠。你平静地摇着尾巴，仿佛在无言地拒绝我给你起的名字。啊！是的，你不屈不挠：我不希望你吃肉，不想让你变凶，然而有一天，你跳上了桌，在孩童们快乐的叫喊声中，你抓起那块肉，放入口中，那凶猛并非来自口中的食物，你望着我，无言而又不屈不挠。因为，尽管你是我的，但你从未向我让步半点你的过往与天性。我很不安，我开始明白，你不要求我放弃自己去爱你，这一点困扰着我。在两种天性相互抵抗的节点，你渴望我们相互理解。我与你的凶猛不会换成柔情：你慢慢地教会了我这件事，它慢慢变得沉重无比。因为你什么都不向我要求，所以你向我要求得太多。对你自己，你要求你成为一条狗。对我，你要求我成为一个人。而我，我尽我所能地掩饰。有时，你收好爪子，端坐在我面前，你在盯着我！我看看天花板，咳嗽一下，假装一下，再看看指甲。但这都不能令你动容：你在盯着我。你会告诉谁？装啊！我对自己说，快装成另外一个人！假惺惺地问候它，抚摸一下它，给它扔一块骨头——然而你根本不为所动，你在盯我。我真是傻瓜。我怕得发抖，而你却如此无辜：倘若我突然转头，现出我真正的面容，你会发狂，会受伤，会立在门边，带着永恒的伤痕。哦！你每一天都是一条可以被抛弃的狗。你可以选择。然而，你摇着尾巴，只是相信。"

"有时，你的敏锐会触动我，我得以看到你真切的痛楚。那痛楚并非因为你是狗，而狗是你唯一可能的形式。那痛楚的存在如此之完美，竟变成了无法承受的快乐：这时，你跳了起来，舐我的脸，以全然付出的爱，连同从仇恨中生发的危险，仿佛我因为友

120

情而揭发了你。现在我确信，不是我拥有一条狗。而是你拥有一个人。"

"然而，你拥有的这个人竟强大到可以选择，因此他抛弃了你。他解脱一般地抛弃了你。是的，解脱，因为，你以英勇之犬平静而简单的不理解，要求我成为一个人。抛弃你的借口全家人都同意：再带上一条狗，我又如何能带着家当与家人千里奔波？再带上一条狗，我又如何能适应新学校与新城市？'哪儿都装不下它。'一贯实际的玛尔塔说。'招同行的人烦。'我岳母说，她不知道我早已经考虑到了这点，孩子们在哭，我不看他们，也不看你，若泽。但是只有你我知道，我抛弃你，因为你可能持久招惹我犯下一种我从未犯过的罪。我掩饰的双眼察觉，你可能招惹我犯下我已经犯过的罪。因此，我便犯了罪，为了之后被原谅。这罪取代了我没勇气触犯的大罪。"男人回忆着，他越来越清醒。

"有太多种推卸责任的方式，有太多种背叛自我永远迷失的方式，有太多种不去面对的方法。而我选择了伤害一条狗，"男人想，"因为我知道这不是大罪，没有人会因为抛弃一条信任人类的狗而下地狱。因为我知道这罪不会受到惩罚。"

他坐在山顶，那颗数学头脑冰冷而智慧。唯有此刻，当冰冷将他装满，他才仿佛真正明白，他不会因为这条狗而受到惩罚，永远不会。因为，对于深藏不露的重罪与深入骨髓的背叛，人们尚未创造出惩罚。

一个凡人居然狡猾得骗过了末日审判！没有人会谴责他的罪。教会也不行，"所有人都是我的共犯，若泽。"我本该一家一户敲门，乞求他们控诉我、惩罚我：所有人会敲开我的门，露出一张突然冷酷的脸。没有人会谴责我的罪。连你都不能谴责我，若泽。因为，我这样一个强大的人，给你取了一个名字，做得够多了，而且，就算我将你弃于街头，你还会满含快乐与宽恕，蹦着舔舐我的脸。我会把另一边脸转过来，让你亲吻。

男人摘下眼镜，吸了一口气，然后又重新戴上。

他看着覆好土的墓穴。为了纪念那条被他抛弃的狗，他在这里埋葬了一条不认识的狗，希望以此偿还那笔没人讨要的负债。他希望用一种善行惩罚自身，以此摆脱罪恶。仿佛一个人舍出一点，只为最终能吃上蛋糕，而另一个人却因此吃不到面包。

但是，那条被抛弃的狗，对他的要求仿佛并不止于谎言；仿佛要求他在最后关头成为一个男人——作为男人来承担罪责——他看着墓穴，那里埋葬了他的脆弱与他的现状。

现在，他愈来愈像个数学家，在找寻一种不受惩处的方式。他不应该获得安慰。他冷酷地找寻着一种方式，用以摧毁这条陌生的狗的假葬礼。他躬下身，庄严，平静，以简朴的动作，掘出这条狗。黑色的狗显露出来，它终于变得完整，睫毛上沾着尘土，变得不再熟悉，双眼睁开，澄净透明。这样，数学老师会永远重新犯下罪行。男人看了看周围，又看了看天空，恳求作证。似乎这一切还不够，他开始沿着斜坡下山，朝着家的怀抱走去。

水　牛

　　但这是春日。就连公狮都在舔舐母狮光秃的额头。两头金光灼灼的动物。女人把视线从笼子上移开，那里只有一股热烘烘的味道，让她想起杀戮，正是她来动物园想寻找的东西。稍后，公狮抖抖鬣毛，安静地踱着步，而母狮缓缓倒在伸展的爪上，重建了斯芬克斯的头颅。"但这是爱，这是又一次的爱。"女人情绪激动，她想遭遇自己的恨，然而这是春日，两头狮子彼此爱慕。她把拳头揣在兜里，看着周遭的一切，她被囚笼环绕，她被闭锁的笼子囚禁。她继续向前走。她的双目如此集中于找寻，以致视线时而会在困意中黯淡，那时，她便重整旗鼓，仿佛置身于洞穴的清凉。

　　但长颈鹿是刚剪过辫子的处子。它庞大、轻盈而又无罪，自带愚蠢的天真。穿棕色外套的女人移开了视线，病了，她病了。她无法——在那于悬空中伫立的长颈鹿面前，在那无翼的沉默飞鸟面前——她无法在自身之内找到病症最凶险的那一处，那至为病苦的点儿，那个憎恨的点儿。她来到动物园，就是为了生病。但不可以

124

在长颈鹿面前，与其说它是实物，不如说是风景。不可以在它面前，那一团在高度与距离上怡然自得的肉，那几近于绿色的长颈鹿。她努力寻找其他动物，试图向它们学会憎恨。河马，湿乎乎的河马。这是一个肉做的圆筒，这一团圆润而缄默的肉在等待另一团圆润而缄默的肉。不。因为在仅为肉身的存在里竟有如此卑微的爱，在不会思考之中竟有如此甜蜜的牺牲。

但这是春日，她在外衣兜里攥了下拳。她将杀死那些悬浮于笼子中的猴子，那些如杂草般幸福的猴子，公猴轻盈地腾跃，母猴的眼中泛起认命的爱意，另一只母猴在喂奶。她将用十五枚干涩的子弹杀掉它们：女人牙关紧咬，以致颌骨发疼。猴子赤身裸体。那个世界不认为赤身裸体是一种危害。她将会杀死猴子的赤身裸体。一只猴子抓住笼壁，观望着她，它张开瘦弱的臂膀，形如十字架，毫无自豪地袒露毛发浓密的胸口。但她不会瞄准它的胸口，她会射向双眼之间，那不眨眼地盯着她看的双眼之间。突然，女人转开了头：猴子的眼睛里有一层白膜，盖住了瞳孔，它的眼中有病苦的温柔，这是一只衰老的猴子——女人转开了头，牙齿紧咬，陷入了一种她并不想遭遇的感觉，她加快脚步，却依然讶异地回头，看着那只张开双臂的猴子：它依然注视着前方。"啊！不，不是这个。"她想。她落荒而逃之时，说了这样一句话："上帝啊！只教我怎么恨吧！"

"我恨你。"她对一个男人说，他唯一的罪是不爱她。"我恨你。"她急匆匆地说。但是她并不知道该怎样做。如何掘开土地，直至遭遇黑色的水？如何在坚硬的地上开出一条路，以便永远不抵达自己？她游走于动物园中，在母亲与孩子之间穿行。但是，大象支撑着自身的沉重。那头大象仅用一只蹄子便可踩扁一个人。但它没有踩。那只庞然大物温顺地任人带入马戏场，成了孩子们的大象。它的双眼，以老者的善，禁锢于承袭的肉身之中。这是东方的大象。这也是东方的春日，一切新生，一切沿着溪水流淌。

然后，女人感受了骆驼。衣衫褴褛的骆驼，驼着背，为自己而咀嚼，全神贯注于了解食物的过程。她感到脆弱而疲惫，已经有两天没有好好吃饭了。骆驼沾染了尘埃的粗长睫毛奉献给内心匠人一般的耐心。耐心、耐心、耐心。她在春日的风中只遭遇到了这个。眼泪盈满了女人的眼睛，却没有流淌出来，而是禁锢于承袭的肉身之中。唯有骆驼那灰尘的气息是她要来寻找的：是干巴巴的恨，而不是泪水。她靠近围栏，吸入那匹灰血涌动的老旧挂毯的尘埃，她寻找到那团不纯的温热，愉悦顺着她的背部向下，直至变成不适，但是并不是她来这里想找的那种不适。在胃中，杀戮的意愿蜷缩成饥饿的绞痛。而这头衣衫褴褛的骆驼却不饿。"啊！上帝，这个世间，谁是我的伴侣？"

因此，她一个人来，希望拥有暴烈。在动物园的游乐场，她一面沉思一面排队，跟随着情侣们，等着坐过山车。

现在她坐定了，穿着棕色外套的她很安静。座椅依然静止，过山车依然静止。她坐在椅子上，与所有人分隔，仿佛坐在教堂中。她低垂着双眼，看着小路交错的地面。地面上，只因为爱——爱！爱！而不是某一种爱！——地面上，因为纯粹的爱，小路之间生出了嫩芽。那轻盈的绿如此愚蠢，令她在探索的折磨中移开了双眼。清风吹得她后颈的毛发竖立，她颤抖着拒绝，她在试探中拒绝，爱永远是这样轻易。

但是，突然之间内脏飞升，心脏遽停在半空里，她震惊极了，那是一种凯旋般的迅猛，椅子将她从空无中拽出，立即举到高处，仿佛一只撩起裙子的布娃娃，深深的忿恨让她变得机械，她的身躯不由自主地感受到了快乐——情侣中的女生都在尖叫！——因为惊奇，她的目光受伤了，这是冒犯，"他们想得到的都从她这里得到了"，巨大的冒犯——情侣中的女生都在尖叫！——发现自己玩得几近痉挛，她极度惊慌失措，他们想得到的都从她这里得到了，倏然之间，她的坦诚暴露于世。多少分钟？过山车转弯时发出那声绵长的尖叫与又一次扎进半空中的开心如同踢了她一脚，在咒骂她，她在风中凌乱地起舞，这是匆忙地起舞，无论她想不想，她的身躯都在摇摆，就像一个人大笑，在哈哈大笑中感觉到了死亡，死亡并未通报，人尚且来不及撕碎抽屉里的文件，不是别人的死，是她

127

的，永远是她的。她本可以用他人的尖叫吼出自身的痛苦，但她忘记了，她只是害怕。

现在，寂静突然而至。人们返回了地面，过山车彻底停了下来。

她面色苍白，被扔出了教堂。她眼望着岿然不动的地面，她从这里出发，又回归此处。她小心地整理着衣裙。她没有看任何人。她很难受，就像那一日，包里的物什掉落于地，一切有价值的东西，包里的所有隐秘，在暴露于尘埃中的那一刻，显现出一种过分小心的内在生活的悭吝：散粉、收条、墨水笔，她在路边拾捡起生命的支架。她痴痴地从椅子上起身，浑身颤抖，仿佛遭到了冲撞。尽管无人注意，她却又一次整理起了衣裙，竭尽全力，希望别人没有发觉她已名声尽毁、脆弱不堪，她在高傲地保护着破碎的骨头。但是，蓝天在她空荡荡的胃里打着转儿；大地在她的眼前起伏，有时离得极度遥远，大地总是难以企及。有那么一刻，她默默地哭累了，想向难以企及的大地伸出手：她的手伸出，就像缺手缺脚的人在乞求。但是，她的心惊住了，仿佛吞下了空无。

只是这样吗？只是这样。暴烈，只是这样。

她再一次朝动物的方向走去，乘坐过山车的虚脱让她温柔了许多。她无法走得太远：她筋疲力尽，不得不把头靠在笼子上，短促而轻弱地呼吸。笼子里，有只浣熊在看着她。她也回看着它。没有任何言语的交流。她无法憎恨这只拖着探询的身躯凝望着她的浣熊。她心慌意乱，将目光从浣熊的天真上移开。浣熊很好奇，问了一个问题，就像小孩子在提问。而她转开了头，隐藏起自己杀戮的使命。她的额头靠得笼栏如此之紧，以至于有一个瞬间，她竟以为关在笼子里的是她，而浣熊倒是自由的，正在审视着她。

笼子一直在她身边：她发出一声呻吟，仿佛出自脚底。之后，又发出了第二声呻吟。

这样，杀戮的意愿从腹部生出，乞怜般地再一次升腾而起，宛如海浪滚滚而来——她那双感恩的黑眼睛在几近幸福中盈满了泪，此时尚不是恨，不过是希望去恨的苦愿，是残忍开放的诺言中，一种如爱一般的折磨，恨的意愿许下神圣的血与胜利，遭遇拒绝的雌性在巨大的希望中凝固成精神。但是，在哪里能遇到可以教会她去恨的动物？恨是她天然的权力，然而她竟痛苦地无法企及？哪里能学会恨，以求不因爱而死？又能向谁学呢？春日的世界，猛兽的世界，春日里动物皈依了基督，爪子伤人，却不疼……啊！再也不想要这样的世界！再也不想要这样的香气，再也不想要这种让人疲惫的窒息，一天之内一切死去，而消逝是为了给予，再也不想要这种原谅。再也不能原谅，倘若那女人再原谅一次，只那么一次，她的生活会全部崩坏——她发出了一声刺耳而短促的呻吟，浣熊吓了一跳——她困在笼中，观望四周，因为她不想引人注目，便蜷缩成一团，仿佛孤独且衰老的杀人犯。一个孩子跑过去，看都没看她。

她又开始往前走，现在她变得渺小而坚硬，拳头又一次在衣兜中握紧，她是隐姓埋名的杀人犯，一切都禁锢于她的心里。她的心只会认命，只会承受，只会祈求原谅，只会原谅，只会学着拥有不幸福的甜蜜，只会学着去爱，去爱，去爱。想到自己因为一向原谅而从未感受到恨，她的心发出了不知羞耻的呻吟，她走得如此之快，仿佛突然找到了命途。她几乎在跑，鞋子绊得她一个趔趄，这给了她的身躯一种脆弱，再一次将她缩为囚笼中的雌性。脚步机械地感染了脆弱的人那求乞一般的绝望，她不过是一个脆弱的人。但是，倘若她脱下鞋子，可以避免光脚行走的快乐吗？怎么才可以不爱这片她踏足的大地？她再一次呻吟。她停在一处围栏前，将脸贴在锈迹斑斑的铁上。从那紧闭的双眼里，她试图在栏杆的坚硬中将脸庞埋葬，那张脸于狭窄的栏杆之间探索着风景，就像之前她看到的那只刚出生的猴子，在饥饿的盲目中，探索着母猴的胸。一种暂时的舒适袭来，栏杆仿佛恨她，以冰冷钢铁的对抗来反对她。

她缓缓地睁开眼睛。这双眼从自身的黑暗里走来，因为午后太强的阳光，什么都看不见。她慢慢地呼吸。很快，她开始看见了东西，很快，形状渐渐得以固定，她很累，她被劳累的甜蜜压垮了。她的头抬起，仿佛问询嫩芽新生的树木，她的双眼看到了小小的白色云朵。无望中，她听到了小溪的轻盈。她再一次垂下头，看着远处的水牛。棕色外套里，她毫无兴致地呼吸，没人对她有兴致，她对其他人也没有兴致。

终于有了几分平和。微风吹动她额头的发丝，仿佛吹动刚死之人的头发，额头上犹自结着汗滴。她无动于衷地看着那处被高高的栏杆围起的场所，那是水牛的领地。黑色的水牛站在领地的深处，一动也不动。之后，它在远处散步，撅起了窄窄的屁股，好似集中到了一处。它的脖子比绷起的胯部还要粗。从前面看，硕大的头颅比身躯还宽，让人看不到身体的其他部分，仿佛从脖颈处斩断。它头上长着角。它拖着躯干，在远方缓缓地散步。这是一头黑色的水牛。它太黑了，远远看去，脸上没有线条。那团黑之上，安放着牛角的白。

女人也许该离开，但是，午后的寂静是美好的。

围栏的静寂里，脚步慢慢悠悠，干巴巴的尘埃落在干巴巴的头上。远处，平静散步的水牛一瞬间看到了她。然而在下一个瞬间，女人又只看得到那具坚硬的身躯。也许水牛并没有看她。她没法知道，因为在那黑成一团的头颅里，她只能辨认出轮廓。但是，它好像又一次看见了她或者感觉到了她。

女人稍稍抬起了头，因为不信任而微微地后退。她的身躯一动不动，头稍向后，她在等待。

水牛好像又一次注意到了她。

仿佛无法承受这种感觉，她突兀地转开了头，望向一棵树。她的心不是在胸内跳动，她的心在胃肠之间空虚地跳动。

水牛缓缓地又走了一圈。尘埃四起。女人紧咬牙关，整张脸都有点发疼。

躯体全黑的水牛。光辉灿烂的下午，安静的狂怒令这具身躯黯淡无光，女人缓慢地叹息。一件白色之物在她的体内弥散，如纸一般白，如纸一般脆，如纯白一般紧密。死亡在她的耳边嗡嗡叫。水牛全新的步履将她带回了自己，再一次的悠长叹息之中，她浮现了出来。她不知道曾置身何处。她站立着，浑身虚软，她从曾置身的那件遥远而纯白的物事中浮现了出来。

从这里，她再一次望向水牛。

现在，水牛变大了。黑色的水牛。哎！她突然痛苦地说。水牛背对着她，一动不动。女人脸色苍白，不知如何称呼它。哎！她在挑衅它。哎！她说。她的面庞笼罩着必死的白，那张突然消瘦的面庞焕发出纯洁与尊崇！哎！她以紧闭的牙关在怂恿它。但是水牛背对着她，完全一动也不动。

她在地上捡起一块石头，扔到了围栏里。那身躯依然不动，静止中它更黑了：石头在徒劳地滚动。

哎！她摇着围栏，说。那件白色的物事在她的体内弥散，黏稠如口水。水牛背对着她。

哎！她说。但是，这一次是因为终于有了第一缕黑血，在她的体内流淌。

最初那一刻，她很痛。仿佛为了让这黑血流淌，世界蜷缩了自己。她停了下来，听血的滴落，仿佛深谷之中出现了第一滴苦油，那遭人轻视的雌性。她的力量依然被禁锢于围栏之中，但是一件火热而不可理解之事发生了，就如同嘴里尝到的快乐，总而言之，不可理解。这时，水牛转身看着她。

水牛转过身，一动不动，在远处面对着她。

我爱你，她说，怀着对那个男人的恨，他的罪不可饶恕，因为他不爱她。我恨你，她说，向水牛求乞着爱。

雄伟的水牛终于被惹到了，不紧不慢地向她走来。

它在走来，尘埃四起。女人将胳膊垂放于外套上，等待着它。它缓慢地靠近。她没有退后一步。终于，它来到了围栏前，停在那里。那里，水牛和女人，面对面相逢。她不看它的脸、口，或是角。她看着它的眼睛。

水牛的眼睛，眼睛看着眼睛。一种如此幽深的苍白得到了交换，竟致女人困倦地瘫软。她站立于深沉的困意里。那双小而红的眼睛在看着她。水牛的眼睛。女人惊呆了，缓缓地摇着头。水牛很平静。女人缓缓地摇着头，她惊愕于水牛的恨，那因恨而平静的水牛，正带着恨意，凝望着她。女人几近纯真，她摇着不可置信的头颅，张大了嘴。她纯真而又好奇，越来越深地进入到那双不紧不慢地盯着她看的眼眸之中，她天真无邪，发出一声困意深重的叹息，她不想也不能逃跑，被禁锢于彼此的杀戮之中。她被囚禁了，仿佛她的手永远粘连在她亲手扎下去的匕首上。她被囚禁了，如同中了魔法，她在栏杆上滑动。如此缓慢的眩晕中，在身躯柔软地倒在地上之前，女人看到了全部的天空与一头水牛。

如何成为一只愚蠢的母鸡（代译后记）

　　一九五九年，"流亡"欧洲十六年的克拉丽丝·李斯佩克朵结束了婚姻，返回巴西，与两个孩子一起居住于里约热内卢的一间公寓。在任何一个时代，失去伴侣的襄助，日子都会辛苦很多。而且，克拉丽丝的一个孩子患有严重的精神疾病，这确实让她受了很多苦。为了多挣一些钱，她不得不充当影子写手，代替女演员伊尔卡·苏亚雷斯，给《晚报》的女性专栏撰写文章，内容包括美容、化妆、服饰、养育孩子、给出美满家庭生活的建议等。

　　一九六〇年，《家庭纽带》出版，获得评论界一致好评，翌年，获得雅布提文学奖短篇小说类大奖，这让陷于沮丧的克拉丽丝得到一些慰藉。沮丧不仅是因为婚姻失败，而且是因为之前的作品没有获得认同。一九四三年，在与大学同学毛瑞·古格尔·瓦伦特结婚的同时，她的处女作《濒临狂野的心》发表。这本书的出版引起了轩然大波，评论家阿尔瓦罗·林斯、塞尔吉奥·米里埃、安东尼奥·坎迪多不吝给予评价，虽然并非所有

135

的评价都是赞美，但至少证明了这本书的意义与她作为作家的价值。然而，之后，克拉丽丝随同成为外交官的丈夫去了欧洲，便似乎失去了文学上的"运气"，一九四六年出版的《吊灯》（*O Lustre*）与一九四九年出版的《围困之城》（*Cidade Sitiada*）都没有获得成功，评论界一片缄默，仅有的反响都是批评，这让克拉丽丝倍感挫败。

直到今天，克拉丽丝的这些在欧洲完成的文学出产，都被视为次要的作品，尽管有学者，比如厄尔·E. 费茨（Earl E. Fitz），一直尝试为这些作品翻案。对于克拉丽丝，这些创作于"流放"时期的作品更大的意义在于将她从无法忍受的日常中"拯救"了出来。在国外生活期间，忍受着思乡之苦，她厌恶晚餐、聚会与应酬，与所归属的"外交贵妇"圈子格格不入。丈夫时常出差，克拉丽丝要独自育儿，而且要承受猜忌，夫妻感情日渐淡漠，她越来越活成了《濒临狂野的心》中的主人公约安娜，唯有写作可以成为出口。

克拉丽丝的挚友费尔南多·萨比诺把《家庭纽带》评价为"真诚地、无可争议地，甚至是谦逊地讲，（这本书）完全是巴西有史以来出版的最好的短篇小说集"。在这部作品里，很多故事的主人公是家庭主妇，显然有克拉丽丝的真实生活参与其中。都带有那段"流亡"生活的印记，为什么《家庭纽带》的接受明显好于其他作品呢？费尔南多·萨比诺的下面这些评价或许可以说明一些问题：
"你的短篇小说正正好好，不多不少。可以看出，从前你受的苦很多，现在你受的苦很好。"

克拉丽丝不满二十三岁就创造出约安娜这个形象，想象了她的全部婚姻生活。而在《家庭纽带》中，克拉丽丝与她的人物都"成熟"了。所以，在这部作品中，没有坦然僭越世俗规则的约安娜（《濒临狂野的心》），没有洛丽与尤利西斯之间理想化的爱情（《一场学习与欢愉之书》），没有长久沉溺于爱恨交织情绪的维吉尼娅（《吊灯》），没有一再通过抛弃故乡而追寻自我的卢克雷西娅，只有下面这些拙笨生活的人物：安娜一向生活得有条不紊，将自己与家人的生活安排得井井有条，然而，当她看到瞎子嚼口香糖之时，她所认定的"真实"全然解体；长久幽禁在家庭生活之中的女性无意或有意地醉酒，从而完成对丈夫或男性权威的挑战；因为长久压抑而罹患抑郁症的女性原本被很好地保护在家中，但是当她意识到玫瑰的完美，便又陷入精神困境之中，因为他人与自我要求的完美正是造成精神困扰的原因；老妇人是一家人一年一聚的理由，但几乎无人真正关心她，她只能用自己的方式表示蔑视；女人送走了让她倍感压迫的母亲，但是还要面对同样压迫的丈夫与孩子；还有一只仓皇逃逸的母鸡，只有在夜深人静时，才能在厨房的空地中，以非常笨拙的方式，表达属于自己的小小真实。

《家庭纽带》中呈现出来的苦，是一种真实的存在之苦，是外在的舒适生活与强烈的内心自我表达之间的矛盾，是真实感受一系列悖论但却无法找到解决之道。

克拉丽丝·李斯佩克朵被视为女性主义作家，实际上，这并不是真实的情况。她负责撰稿女性专栏，不乏大谈如何通过化妆、选择睡衣等方式"引诱"丈夫的文章。如果她是个自觉的女性主义者，即便是为了生意，恐怕也写不出这样的话语。克拉丽丝女性主义者形象的建构，和法国女性主义学者西苏密切相关。当西苏陷入创作瓶颈的痛苦中时，她发现了克拉丽丝，对她解构、吞吃、吐出，克拉丽丝的法语翻译作品都是在西苏开办的女性主义出版社出版，因此打上了女性主义者的印记。

西苏的处理符合她当时的心理，并对她有益。她写出了《活在橙中》(Vive l'orange)，让自己与克拉丽丝充分交融。然而在中文世界里，我想尽量还原一个质朴而本真的克拉丽丝。我和克拉丽丝的生活经历截然不同，然而当我的年龄越来越接近克拉丽丝的创作年龄，我越来越能感受到她的痛苦并非仅属于已婚妇女，而是属于那个"愚蠢、羞涩而自由"的种族。我不想强调她有多么聪明，才能写出这些光彩夺目的文字。我只想揭示她如母鸡一般笨拙的生活，因为"母鸡是愚蠢的，但是有很多内心生活"。倘若人害怕真诚地袒露自己，又如何能够遭遇真实？

2021 年 2 月 21 日，三亚

闵雪飞

读书人

SHORT CLASSICS
短经典精选